KB078571

워리어스

신림 퓨전 판타지 소설
FUSION FANTASTIC STORY

워리어스 2

신림 퓨전 판타지 소설

초판 1쇄 찍은 날 § 2012년 11월 14일
초판 1쇄 펴낸 날 § 2012년 11월 21일

지은이 § 신림
펴낸이 § 서경석

편집부장 § 권태완
편집책임 § 박우진
본문 디자인 § 이혜정

펴낸곳 § 도서출판 청어람
등록번호 § 제1081-1-89호
등록일자 § 1999. 5. 31
어람번호 § 제1-1487호

주소 § 경기도 부천시 원미구 심곡2동 163-2 서경B/D 3F (우) 420-822
전화 § 032-656-4452 팩스 § 032-656-4453
http://www.chungeoram.com
E-mail § chungeorambook@daum.net

ISBN 978-89-251-3072-9 04810
ISBN 978-89-251-3070-5 (세트)

WARRIORS

2

[오벨리스크]

워리어스

신림 퓨전 판타지 소설 | FUSION FANTASTIC STORY

청어람
도서출판

CONTENTS

CHAPTER
01

기이한 가문 갈라파고스

WARRIORS

"와아아아아!"

"꺄아아악."

시민들의 함성 소리가 콜로세움을 가득 메웠다. 붉은 피가 사방으로 튀고 팔다리가 잘려 나가는 모습에 시민들은 열광했다.

세상에 불구경과 싸움 구경만큼 재미있는 게 없다는 말이 있지 않은가. 자신들에게 해가 되지 않는다는 보장이 있는 이상 세상에 이보다 더한 재미는 없을 것이다.

시민들은 발광하는 수준으로 흥분을 감추지 못했고, 함성이 커져 갈수록 워리어스들도 흥분할 수밖에 없었다.

부아아악!

커다란 도가 배를 가르고 지나갔다. 살점이 떨어지며 뱃가죽이 좌악 벌어졌다. 피가 덩어리째 쏟아져 내렸다.

"끄으으윽."

배를 움켜잡으며 고통스러운 표정을 짓고 있는 건 베른에서 온 펄스카인 가문의 워리어스였다. 상처로 보아 살아날 가능성은 없었다.

물론 이곳에서는 치유의 돌이라는 게 있기에 잘린 팔다리를 붙일 수는 없어도 죽지만 않는다면 말끔히 나을 수는 있다.

하지만 이곳은 콜로세움, 그리고 오늘은 피의 제전이다.

워리어스의 생사에는 누구도 관심이 없었다. 오직 더 강하게, 더 잔인하게 상대를 망가뜨리는 것이 유일한 관심사였다.

부아아아앙!

서걱.

펄스카인 가문의 워리어스는 그대로 목이 잘렸다. 차라리 이게 고통을 더는 방법인지도 몰랐다.

"우와아아아!"

"오로도스!"

"오로도스!"

시민들은 오로도스 가문을 외치며 환호하기 시작했다. 펄스카인 가문을 상대로 오로도스 가문은 세르게이를 시작으로 연승 중이었다. 비잔티움의 양대 가문 중 하나인 오로도스 가문은 오늘 시민들의 마음을 확실하게 휘어잡는 중이다.

"하하하하! 오로도스 가문에서 꽤나 신경을 썼나 보군. 예전에는 뭔가 좀 부족해 보였는데 오늘은 달라. 이건 마치 피의 제전을 위해 그동안 재주를 숨기고 있었던 게 아닌가 말이야."

시장 아르메니우스는 시민들의 환호에 덩달아 신이 났는지 입에 침이 마르도록 오로도스 가문을 칭찬했다. 오로도스 가문에서 보여주는 강렬함에 매료된 듯했다.

"그러게 말입니다. 정말 화끈한 경기였습니다. 오로도스 가문에서 벌써 세 판 연속 승리를 차지하다니 놀랍군요. 오로도스 가문에 이런 폭발적인 힘이 있었다니 재밌군요."

귀족원 의장 로베니우스 역시 오로도스 가문의 무용에 감탄했다. 지금껏 오로도스 가문은 클라니우스 가문에 가려 그다지 강인한 모습을 보여주지 못했지만 이번만큼은 달랐다.

세르게이야 삼 년 전부터 강자로 군림했지만 나머지 워리어스들은 기대에 미치지 못했던 것이다.

하지만 이번 피의 제전만큼은 달랐다. 세르게이뿐만 아니라 다른 워리어스들 역시 강렬하고 짜릿한 모습을 보여주었다.

"저기 시민들의 열렬한 함성을 들어보세요. 이거 오늘 킹 오브 워리어스가 나올지도 모르겠습니다."

아르메니우스는 시민들의 환호성이 커질수록 얼굴이 더욱 환해졌다. 시민들의 환호는 곧 시장에 대한 신임으로 나타난다는 걸 알기 때문이다.

"오로도스 가문이 꽤나 유력해 보이는군요. 막시무스 가주, 기대가 크겠구먼."

로베니우스도 아르메니우스의 생각과 다르지 않았다. 지금까지만 본다면 이번 피의 제전은 성공을 거둔 것이라고 봐도 무방하다. 시민들의 혼을 쏙 빼놓을 만큼 강렬한 인상을 심어주었기 때문이다.

"저희 워리어스들을 그렇게 평가해 주시니 그저 감사할 따름입니다. 오늘을 위해 많은 준비를 한 만큼 기대에 어긋나지 않도록 노력하겠습니다. 지켜봐 주십시오."

계속되는 칭찬에 오로도스 가문의 가주 막시무스의 모습도 환해졌다. 어깨에도 힘이 잔뜩 들어갔다. 드디어 클라니우스 가문을 제치고 오로도스 가문이 주목을 받게 된 것이다.

"하하하! 기대가 아주 크네."

"감사합니다."

막시무스는 이번 피의 제전에서는 반드시 클라니우스 가

문을 꺾고 최고의 가문이 되리라 다짐했다. 그 순간을 위해 삼 년간 얼마나 많은 준비를 해왔는가.

"오로도스 가문에서 이렇게까지 적극적인데 클라니우스 가문에서는 어떤가? 그에 걸맞은 준비는 해왔겠지?"

"물론입니다. 시장님께서는 조만간 흥분에 못 이겨 광분하는 시민들을 보게 될 것입니다. 오늘 피의 제전에서는 그들의 마음을 송두리째 빼앗을 생각입니다."

아르메니우스의 물음에 클라니우스 가문의 가주 샤갈은 자신있게 대답했다. 아직 클라니우스 가문의 워리어스들이 출전하지 않았기에 모든 찬사가 오로도스 가문에게로 향한 게 아닌가.

클라니우스 가문이야 비잔티움 시에서는 최고의 워리어스 양성 가문이었고, 그 명예는 언제까지 계속될 것이라 확신했다.

"오호, 그 정도란 말인가? 이거 기대되는구먼. 의장님, 아니 그렇습니까?"

샤갈의 자신감에 아르메니우스도 놀라움을 감추지 않았다. 지금 보여준 오로도스 가문의 강렬한 인상을 넘어서기란 쉽지 않음에도 저런 자신감을 보인다는 건 뭔가 대단한 준비를 했다는 의미가 아닌가. 기대하지 않을 수 없었다.

"샤갈 가주가 허언을 할 인물도 아니고 클라니우스 가문이라면 지금껏 충분히 그 역할을 해왔지요. 저 역시도 클라니우스 가문의 워리어스들이 과연 오로도스 가문의 워리어스들을 상대로 얼마나 화끈한 경기를 펼쳐 보일지 기대가 큽니다."

"기대에 보답하겠습니다."

로베니우스도 과연 샤갈이 어떤 대단한 모습을 보여줄지 사뭇 기대가 컸다. 오금이 저리고 심장이 쪼그라들 만큼 잔혹하면서도 강렬한 모습을 보여 시민들을 더욱 열광하게 만들기를 바랐다.

"다음은 클라니우스 가문 차례인가?"

"그렇습니다. 일단 이번에 훈련시킨 신참들부터 시작하지요. 좋은 구경거리가 될 것입니다."

드디어 클라니우스 가문의 차례가 되었다. 샤갈은 오로도스 가문에 쏠린 관심을 모두 되찾아올 생각이었다. 그 첫 주인공은 워리어스가 되기도 전에 세간의 관심을 끌었던 신참들이 될 것이다.

그들의 사연과 어우러져 워리어스로 거듭 태어난 모습을 본다면 시민들은 열광하리라.

"오호라, 그 소문 자자한 신참들 말이군."

"그렇습니다."

아르메니우스도 신참들에게 꽤나 관심을 가지고 있었다. 시민들의 관심사인 만큼 시장인 아르메니우스에게도 당연히 관심의 대상일 수밖에 없는 것이다.

"이거 기대가 크구먼. 신참 때부터 시민들 사이에서 회자 되는 워리어스들은 거의 없는데 시민들의 관심도 그만큼 크 다는 뜻이겠지. 과연 석 달 동안 얼마나 훈련이 되었는지 지 켜볼까?"

"놀라실 것입니다."

아르메니우스는 과연 오로도스 가문을 향한 열렬한 환호 가 그들에게로 쏠리게 될지 기대가 컸다. 삼 개월이라는 짧은 시간이었지만 그 시간 동안 진정한 워리어스로 거듭난 모습 을 보여준다면 시민들의 가슴을 뜨겁게 달굴 것이다.

단지 강하기만 한 것이 아니라 마치 한 편의 서사시를 보는 것처럼 각각의 애잔한 사연들은 시민들의 흥분을 더욱 배가 시킬 것이기 때문이다.

"샤갈 가주, 상대는 어느 가문인가?"

"상대는… 갈라파고스? 죄송합니다. 잠시 확인해 보겠습니 다. 막시무스!"

샤갈은 대진표를 보고는 무척이나 놀랐지만 애써 티를 내 지는 않았다. 이번 피의 제전 대진표는 막시무스와 함께 짜지 않았던가. 하지만 그때의 내용과 다른 것이다.

오늘 클라니우스 가문이 대결해야 할 첫 상대 가문이 제전 이 시작된 후에 바뀐 것이다.

"갈라파고스 가문이 맞네."

샤갈의 물음에 막시무스는 대진표가 맞다는 걸 확인해 주었다.

"제가 미처 확인을 못했군요. 갈라파고스 가문이 맞습니다."

샤갈은 심사가 뒤틀렸지만 이 자리에서 반박할 수는 없었다. 이미 제전은 시작되었고 지금 무를 수도 없지 않은가. 그저 아무 일 없다는 듯 태연한 표정을 지을 수밖에 없는 것이다.

"갈라파고스 가문이면… 클라니우스 가문에서도 절대 만만하게 볼 수 없는 곳일 텐데?"

아르메니우스는 흥미롭다는 표정을 지었다. 갈라파고스 가문이 꽤나 유명세를 타고 있는 모양이다.

"갈라파고스 가문에 대한 이야기는 많지만 그 어떤 것도 클라니우스 가문을 넘어설 수 없다는 것은 분명합니다. 이제 대결이 시작되면 보시게 될 겁니다."

샤갈 가주는 여전히 확신에 찬 모습이다. 하지만 속내는 그리 편하지 않았다.

갈라파고스 가문에 대해서는 무성한 이야기들이 있었고, 샤갈 역시 갈라파고스 가문에 대해서 많은 이야기를 알고 있었다. 말은 쉽게 했지만 결코 방심할 만한 상대는 아닌 것이다.

"나야 샤갈 가주를 믿지."

"감사합니다."

샤갈은 막시무스를 살짝 노려보았다. 쉽게 이기고 결승에서 만나자고 했던 그 웃음 뒤에 이런 꼼수를 숨기고 있을 줄은 몰랐던 것이다. 막시무스는 샤갈의 시선을 피했다.

"갈라파고스 가문이 꽤나 유명한가 보군요."

로베니우스는 갈라파고스 가문에 대해서는 생소한 듯했다. 비잔티움 최고의 워리어스 양성 가문인 클라니우스 가문에서 갈라파고스 가문을 신경 쓴다는 게 의외인 듯했다.

"의장님께서는 이곳 비잔티움에 오신 지 몇 년 되지 않으셨으니 아마 생소할 것입니다. 지금껏 갈라파고스 가문의 워리어스들이 콜로세움에 섰던 예는 없습니다. 그들은 보통 다른 가문의 워리어스들을 집으로 초청해 경기를 하지요. 그러니 이번이 첫 참가입니다."

"보통의 워리어스 양성 가문이라면 기회가 될 때마다 참가하는 게 이익이 아닙니까? 가문의 이름도 알리고 대회의 상금은 물론 시의 지원금을 받기 위해서도 말입니다."

아르메니우스의 설명에 로베니우스는 고개를 갸웃했다. 워리어스 양성 가문의 최고 목표는 콜로세움에 서는 것이 아닌가. 콜로세움에 서는 것만으로도 시에서 막대한 재정 지원을 해줌은 물론 여러 가지 편의를 보아주기 때문이다.

한 명의 제대로 된 워리어스를 양성하는 데 들어가는 돈은 꽤나 크다. 개미굴에서 소환수를 사오는 가격부터 사형선고를 받은 투견들을 사오는 가격까지도 만만치 않다.

또한 그들의 훈련을 위해 사용되는 무기며 먹을 것, 그리고 각종 장비와 훈련 장소, 거기에 짝까지 지워주니 그 돈을 감당하려면 시의 재정 지원 없이는 불가능한 것이다.

그런데 콜로세움에 서지 않고 그저 워리어스만을 키워낸다는 건 매년 엄청난 재물을 그냥 쏟아붓는 격이다.

상식적으로 워리어스 양성 가문이 콜로세움에 서지 않는다는 건 말이 안 되는 것이다.

"물론 그렇긴 한데 갈라파고스 가문은 좀 다르다고 할까요? 그런 데 별 구애를 받지 않는답니다."

아르메니우스의 표정은 묘하게 변했다. 아마도 갈라파고스 가문에 대해서 내막을 아는 모양이다.

"그럼 그 막대한 운영비는 물론 개미굴에서 신참을 사오는 비용은 어떻게 충당합니까?"

로베니우스는 여전히 궁금했다.

"갈라파고스 가문의 재력은 상당합니다. 선황후 마마의 성을 떠올리시면 이해가 되실 겁니다."

"선황후 마마시라면… 허억! 갈라파고스!"

아르메니우스의 힌트에 잠시 고민하던 로베니우스는 헛바람을 삼켰다. 선황후가 생존해 있는 동안 갈라파고스 가문은 그야말로 날아가는 새도 떨어뜨릴 정도로 권세가 막강하지 않았던가.

비록 지금은 권력의 중심에서 한발 물러났지만 현재까지도 황궁의 많은 고위 귀족 중 갈라파고스 가문을 따르는 자들이 많다는 건 누구나 아는 사실이다.

그런 갈라파고스 가문이 재정적인 문제를 고민할 이유가 없었다. 그만큼 탈로스 제국의 최고의 귀족 가문 중 하나가 갈라파고스 가문인 것이다.

"바로 그렇습니다. 선황후 마마께서는 황제 폐하의 극진한 총애를 받던 분이고 당시 갈라파고스 가문의 위세는 황제 폐하에 버금갈 정도였지요. 하지만 권력에는 별 욕심이 없는지 이곳 비잔티움으로 와서는 워리어스 양성소를 차렸답니다. 물론 콜로세움에 참가하지는 않고 몇몇 가까운 사람들과 즐긴 것이지요."

아르메니우스는 갈라파고스 가문이 비잔티움에 정착해 워리어스 양성소를 차린 배경에 대해서 말해주었다. 보통 사람이 본다면 전혀 말도 안 되는 일이었지만 갈라파고스 가문이 못할 것이 뭐가 있겠는가.

내키면 하면 되고 누구도 거역할 수 없는 것이다.

"으음. 집안에 콜로세움을 세운 것이나 다름없군요."

로베니우스도 갈라파고스 가문의 워리어스들이 콜로세움에 서지 않는 이유에 대해서 이제는 이해할 수 있었다.

"그렇다고 볼 수 있겠지요. 비록 권력에서는 등져 있다고 해도 갈라파고스 가문의 영향력은 무시할 수 없습니다. 시장인 저 역시도 종종 갈라파고스 가문의 도움을 받아야 할 때가 있으니까요."

아르메니우스는 갈라파고스의 위세가 아직까지도 대단하다는 것을 이야기했다. 비잔티움 시를 운영하는 최고 책임자인 시장도 갈라파고스 가문의 뜻은 거스를 수 없었다.

"그럼 갈라파고스 가문이 이번 피의 제전에 참가한 이유는 무엇입니까? 뭔가 얻을 것도 없을 텐데요."

로베니우스는 아쉬울 것이 없는 갈라파고스 가문에서 굳이 워리어스를 희생시키는 걸 감수하면서까지 이번 피의 제전에 참가한 것이 의문이었다.

시의 재정적 지원을 바라는 것도 아니고 그렇다고 시민들의 열렬한 지지를 얻고자 하는 것도 아니라면 콜로세움에 서야 하는 이유가 전혀 없기 때문이다.

"작년에 갈라파고스 가문의 가주가 바뀌었습니다."

"바뀌다니요?"

"아이게우스님께서 아들인 테세우스님께 가주 자리를 물

려주시고는 여행을 떠나셨습니다. 제 생각이지만 마지막을 정리하시려는 게 아닌가 하는 그런 느낌을 받았습니다."

아르메니우스는 갈라파고스 가문이 그동안의 관례를 깬 이유에 대해서 나름대로 짐작해 보았다.

"음, 그렇군요. 그럼 이번의 가주는 어떤 분이신지……."

"나이는 40대 중반으로, 뭐랄까, 힘이 넘친다고 해야 할지……. 진중하긴 하지만 저돌적이기도 하고. 한마디로 저기 보이는 워리어스들의 느낌과 비슷하다고 할까요?"

아르메니우스는 갈라파고스 가문의 현재 가주인 테세우스에 대해서 말해주었다. 대단한 귀족이면서도 워리어스에게서나 볼 수 있는 투박하고 거친 위압감을 풍기는 존재.

일전에 대면했을 때 아르메니우스는 진땀을 흘리지 않았던가. 금방이라도 목을 벨 것 같은 느낌에 혼쭐이 난 기억이 있다.

그만큼 테세우스는 거칠고 전사적인 면모를 지니고 있었다. 물론 그건 느낌일 뿐 폭력적인 인물은 아니다.

고위 귀족인 만큼 어려서부터 배움이 깊어 누구보다 학문이 뛰어남은 물론이다.

"이제 좀 이해가 되는군요. 테세우스 그자는 분명 콜로세움의 열기를 원한 것입니다. 이제 가주가 되었으니 아버지의 그늘에서 벗어나 마음껏 즐기고 싶은 것이지요."

로베니우스는 아르메니우스의 이야기를 듣고는 갈라파고스 가문이 그동안의 노선을 바꾼 이유에 대해서 짐작했다. 어려서부터 집안에서 워리어스들이 대결하는 모습을 보고 자랐으니 한 번쯤 더 큰 무대에서 시험해 보고 싶은 욕망이 있으리라.

로베니우스는 테세우스를 그저 치기 어린 철부지 정도로 보았다.

"어허, 의장님. 말씀을 삼가시지요. 테세우스 가문에는 선대 황제 폐하께서 후작의 위를 직접 내려주셨습니다. 그리고 그 후손들까지도 역시 후작의 위에 오르게 되어 있습니다."

로베니우스의 다소 무례한 말투에 아르메니우스는 정색을 하며 주의를 주었다. 탈로스 제국의 각 도시에는 시장과 귀족원이 공존했는데 비잔티움 시의 귀족원 의장의 작위는 백작이었다.

수도인 바티칸 시의 귀족원 의장은 후작, 그리고 제국의 귀족원 의장은 공작이 그 직을 수행하고 있었다.

결과적으로 비잔티움 시에서는 갈라파고스 가문보다 높은 귀족은 없는 셈이다.

"허억! 후, 후작의 위를 말입니까?"

로베니우스는 헛바람을 삼키며 얼른 입을 가렸다. 귀족 간에 서열을 무시하고 무례를 범했을 경우 때에 따라서는 목이 달아날 수도 있을 만큼 규율이 엄격했기 때문이다.

"그렇습니다. 의장님도 함부로 할 수 없는 분이십니다."

아르메니우스는 단단히 주의를 주었다. 시의 입장에서는 갈라파고스 가문이 비잔티움에 있다는 것만으로도 큰 의지가 되기 때문이다. 간혹 다른 시나 수도와의 마찰이 있을 경우 갈라파고스 가문에서 힘을 써준 예가 종종 있었던 것이다.

"이런, 제가 모르고 큰 무례를 범했군요. 이번 실언은 눈감아주시기를 부탁드립니다."

로베니우스는 얼른 자신의 무례를 사과했다. 말 한마디로 하마터면 지금껏 쌓아올린 게 모두 무너질 뻔하지 않았는가.

"우리끼리 있는데 발설할 리가 있겠습니까?"

"감사합니다."

로베니우스는 가슴을 쓸어내리며 안도했다.

"그렇게 대단한 분이시라면 이곳으로 자리를 마련해 드려야 하는 게 아닙니까? 나중에 뒤탈이라도 생기지 않을지 걱정이군요."

로베니우스는 일단 테세우스의 신분을 알게 되자 마음이 조급해졌다. 이렇게 가장 좋은 상석에 편히 앉아 있는 것도 마음에 걸린 것이다. 본래대로라면 지금 시장이 앉아 있는 자리가 테세우스의 자리가 아닌가. 이것도 걸고 넘어간다면 큰 무례가 되는 것이다.

"나도 오늘 아침에야 알았습니다. 조치를 취하도록 이르긴 했는데 답이 없으셔서."

"제가 이미 말씀드렸지만 거절하셨습니다."

아르메니우스도 테세우스를 상석에 모시고자 했지만 막시무스가 나서며 테세우스의 뜻을 전했다.

"자네가? 왜 거절하신지는 아는가?"

"그건 잘 모르겠지만 제 생각으로는 좀 더 워리어스들의 세계를 즐기고 싶으신 게 아닌가 생각됩니다."

막시무스는 나름대로 자신의 생각을 말했다. 아르메니우스의 말대로 테세우스는 왠지 워리어스의 느낌이 들 정도였고, 그러한 기질로 봐서 이런 곳에서 구경하는 것보다는 직접 그들의 숨결을 느끼고 싶어하는 게 아닌가 생각된 것이다.

"그럼 지금 워리어스들의 대기실에 계신 것인가?"

"그렇습니다."

"허어, 그것참, 알 수 없는 분이군."

아르메니우스는 허탈한지 한숨 섞인 목소리로 말했다. 다른 곳도 아니고 땀 냄새와 피 냄새로 범벅이 된 워리어스 대기실이라니 후작이나 되는 존재가 거할 곳은 아니었다.

그간 갈라파고스 가문이 뭔가 기이한 행동들을 해오긴 했지만 알면 알수록 이해하기 힘든 가문임에는 분명했다.

"그러게 말입니다. 피비린내와 땀 냄새가 뒤덮였을 텐데 어찌 그런 곳에서 경기를 관람하시려는지."

로베니우스도 테세우스의 괴팍한 행동에 고개를 저었다.

"뭐, 그게 좋아서 참가한 것이라면 그럴 만도 하겠지요. 일단은 다음 경기가 갈라파고스 가문의 워리어스라고 하니 지켜봅시다."

"이거 정말 기대되는군요. 첫 참가하는 가문이 과연 얼마나 대단한 실력을 보여줄지."

아르메니우스와 로베니우스는 과연 갈라파고스 가문이 어떤 기발한 모습을 보여줄지 내심 기대가 되었다.

자신이 없다면 참가할 리가 없다. 그렇다는 건 우승할 자신이 있다는 말이기도 하지 않은가.

"외람된 말씀이지만 그리 큰 기대는 하지 않는 게 좋을 것 같습니다. 갈라파고스 가문의 영향력과 워리어스들의 수준이 같은 건 아니니까요. 워리어스는 콜로세움을 통해서만 진정으로 강해질 수 있다는 걸 갈라파고스 가문의 가주도 깨닫게 될 겁니다."

두 사람의 기대와는 달리 샤갈만큼은 갈라파고스 가문에 대해서는 평가 절하했다. 진정한 워리어스가 무엇인지 이번 기회에 반드시 보여줄 생각이었다.

"뭐 그쪽으로야 자네가 잘 알 테니… 훌륭한 대결을 기대하지."

　아르메니우스도 더는 이야기하지 않았다. 어차피 대결을
보면 되는 일이다.

CHAPTER
02

피의 향연에 빠져든다

WARRIORS

갈라파고스 가문과의 시합을 앞두고 클라니우스 가문의
워리어스 대기실에서는 긴장감이 흘렀다.

첫 차례는 신참 셋의 데뷔 무대.

피의 제전은 다른 시합과는 달라서 신참들은 참가하지 않
아왔지만 이번에는 예외가 된 만큼 여러 감정이 얽혀 있었다.

첫 대결에서 패하게 되면 다른 워리어스들의 사기에도 영
향을 미치기에 보통 첫 출전은 승리를 확신할 수 있을 만큼
뛰어난 워리어스를 출전시키는 게 관례다.

하지만 이번 피의 제전은 그러한 관례도 깨졌고 모든 것이

예전의 피의 제전과는 다르게 진행되고 있었다.

"신참들의 차례다. 준비하라."

마스터 벨포스는 신참들을 독려하며 준비시켰다.

"갈라파고스 가문이라면 처음 듣는 것 같은디 실력은 워쩌케 되는감요?"

"글쎄. 내가 알기로는 이번이 처음 출전하는 대회일 것이다."

"그럼 별 볼일 없는 놈들 아닌갑요?"

로베르토는 첫 출전이라는 말에 자신만만해졌다. 싸움이라면 로베르토도 이전 세상에서 강자의 반열에 올라 있었고, 비록 삼 개월이지만 이곳에서 맹훈련을 하지 않았던가.

기존의 실력보다 오히려 더 향상된 만큼 자신감이 충만했다. 신참들이기에 킹 오브 워리어스 대결에는 참가하지 않기에 이번 출전에서만 살아남는다면 무사히 돌아갈 수 있는 것이다.

"그것은 뚜껑을 열어봐야 알겠지. 이곳 콜로세움에서 자만은 곧 목숨을 잃는 지름이길이다. 어떤 상대든 그만큼의 준비를 하고 나왔다고 생각해야 할 것이다."

"알겠구만요."

벨포스는 자만하지 못하도록 단단히 주의를 주었다. 목숨이 걸린 상황에서는 의외의 변수가 생길 가능성이 높았고, 다

이긴 시합이라고 해도 한순간에 역전될 수도 있었기 때문이다.

"저… 혹시 그 갈라파고스 가문입니까? 황족과 관련된 그 가문 말입니다. 워리어스를 양성하기는 하지만 가문 내에서만 시합한다고 들은 것 같은데."

"맞다. 바로 그 가문이다."

샤막은 투견 출신인 만큼 갈라파고스 가문에 대해서 들어본 듯했다. 이곳 비잔티움 시 최고의 가문인 만큼 소문도 무성했기 때문이다.

"제가 알기로는 콜로세움에는 한 번도 서지 않았는데 이상하군요. 왜 이번 피의 제전에 나온 것인지."

샤막은 이전 세대부터 정착해 온 갈라파고스 가문이 굳이 이번 제전에 참가한다는 게 마음에 걸렸다.

"그걸 내가 알겠느냐? 내가 신경 쓰는 건 너희들이 살아남는 것이다. 비록 첫 출전이라고는 해도 너희들과 마찬가지로 끊임없이 훈련해 온 워리어스들이다. 체면을 중시하는 귀족이 질 걸 뻔히 알면서 출전시키겠느냐? 절대 무시하지 마라."

"알겠습니다."

벨포스도 갈라파고스 가문에 대해서 신경이 쓰이기는 했지만 신참들의 사기가 떨어질 걸 염려해 자세한 이야기는 하지 않았다. 오직 주의하라는 당부가 해줄 수 있는 최선이었다.

"샤막, 갈라파고스 가문이 꽤 유명한가 보지?"

"그래. 내가 알기로는 시장이나 귀족원 의장도 함부로 하지 못하는 가문이야. 취미가 워리어스들을 키우는 것이라고 들었는데 콜로세움에까지 서게 할 줄이야."

"으음. 마스터 말씀대로 분명 그만한 자신이 있으니까 나온 거겠지. 방심하지 말자."

카시아스도 갈라파고스 가문이 상대라는 게 왠지 마음에 걸렸다. 훈련소에서야 오로도스 가문 외에는 위협이 될 만한 상대는 없다고 했지만 시작부터 변수가 생긴 것이다.

"삼 대 삼이니까 항상 동료들의 뒤를 봐주도록. 아무리 혼자 잘해봐야 동료를 잃게 되면 결국 혼자서 셋을 상대해야 한다. 너희 셋의 목숨은 하나란 말이다."

"알겠습니다."

"명심하겠습니다."

"알겠구만요."

시합이 직전으로 다가오자 모두들 마음의 각오를 하며 숨을 골랐다. 이제 문이 열리고 콜로세움의 경기장 안으로 들어서면 자신과의 싸움일 뿐이다.

수많은 시민들의 함성과 열기 속에서 서로를 죽이기 위해 검을 휘둘러야 한다.

자비는 없다. 죽느냐 사느냐의 갈림길이 있을 뿐.

뿌우우우웅!

고동 소리가 울리자 대기실의 철문이 활짝 열렸다.

"후우우우!"

"이거 가슴이 벌렁거려 죽겠구마이."

"자, 침착하자. 절대 한눈팔지 말고!"

카시아스와 동료들은 콜로세움의 한복판으로 걸어갔다. 대기실과 콜로세움의 경기장은 분위기가 확연히 달랐다. 한 발 내딛자마자 엄청난 압박감이 일시에 밀려들었다.

숨이 턱 막힐 정도의 압박감을 이겨내며 가운데로 한 발 한 발 걸어 나갔다. 경기장을 가득 메운 진한 살기와 미칠 듯 광분하는 시민들의 함성은 정신을 쏙 빼놓을 것만 같았다.

"드디어 시작하는구면."

고대했던 시합을 알리는 고동 소리가 울리자 아르메니우스는 잔뜩 기대감에 부풀었다. 이번 시합이 얼마나 시민들의 가슴을 요동치게 만들지 벌써부터 기대가 되었다.

"겉으로 보기에는 갈라파고스 가문의 워리어스들이 훨씬 강해 보이는군요."

"내가 보기에도 그렇습니다. 특히 저기 덩치가 큰 자는 맨

손인 것 같은데 이해할 수가 없군요. 생사를 건 싸움에 맨손이라……. 거참, 무슨 생각인지…….”

로베니우스는 갈라파고스 가문의 워리어스들에게 일단 점수를 주었다. 외관상으로는 확연히 차이가 났기 때문이다.

아르메니우스 역시 첫인상은 갈라파고스 가문 쪽으로 기울었다. 카시아스의 체격이 전사로서는 너무 왜소해 보였고, 로베르토의 무기가 없다는 게 크게 작용한 것이다.

“저기 덩치가 큰 자는 단검을 사용합니다. 아직 꺼내지 않았을 뿐입니다.”

샤갈은 얼른 로베르토에 대해서 말해주었다.

“단검을? 상대는 창부터 검에 커다란 도를 사용하는데 고작 단검이라니, 너무 불리한 선택이 아닌가?”

아르메니우스는 샤갈의 설명에도 영 믿음이 가지 않았다. 무기는 길수록 유리하다는 게 정설이 아닌가. 적의 사정거리에서 나는 벗어나지만 내 사정거리에는 적이 들어오게 만들기 때문이다.

특별한 기술의 차이가 없는 이상 창과 검이라면 당연히 창이 유리하다. 다만 기술의 차이로 극복할 뿐이다.

“무기의 길이가 길다는 게 유리한 점은 맞습니다만 얼마나 효율적으로 사용하느냐에 따라 달라질 수 있습니다. 아마도 좋은 승부를 보여줄 것입니다.”

샤갈은 로베르토의 실력을 알기에 자신했다. 훈련장에서 테스트할 때에도 로베르토는 예상을 벗어나 선전했기 때문이다. 첫인상이 오히려 상대의 방심을 유발할 수도 있으니 그러한 점이 로베르토에게는 유리할 수도 있었다.

"저기 가장 체구가 왜소해 보이는 자가 혹 개미굴의 붙박이노인을 이겼다는 자인가?"

"그렇습니다. 카시아스라고 합니다."

"카시아스라······. 그다지 체구가 크지도 않아 보이는데 참 의외군. 난 꽤나 거구일 줄 알았는데."

아르메니우스는 소문이 무성했던 카시아스를 직접 보게 되자 적잖게 실망했다. 다른 워리어스에 비해서 체격 차이가 너무 컸던 것이다. 과연 저 체구로 검이나 제대로 휘두를 수 있을지 걱정될 만큼 카시아스는 거구는 아니었다.

"가진 바 기술이 대단합니다. 이전 세상에서는 장군의 자리까지 올랐었다고 합니다."

샤갈은 이번에도 카시아스의 내력에 대해서 이야기했다. 겉모습과 실력이 가장 차이가 나는 자가 바로 카시아스였기 때문이다. 이는 양성소에서 훈련할 때에도 꽤나 깊은 인상을 주었다. 샤갈은 카시아스가 이번 시합에서 승리할 것이라 믿었다.

"보기엔 그다지 많지 않은 나이 같은데 장군이라니 검술이 대단한가 보군."

아르메니우스는 카시아스의 실력보다는 그의 직위에 대해서 더 큰 관심을 가졌다. 아마도 정치를 하다 보니 그쪽으로 먼저 관심이 가는 건 당연한지도 몰랐다.

"이곳의 발전된 검술로 보완하고는 있지만 기존의 검술만으로도 상당합니다. 그곳은 검술이 꽤나 발달한 곳 같았습니다. 검술만 치자면 제가 데리고 있는 워리어스 중에서 상위에 꼽힙니다. 그리고 검이 아닌 도를 사용합니다."

"아직 이곳의 검술 훈련을 제대로 받지도 않았는데 그 정도라는 말인가?"

샤갈의 설명에 로베니우스는 다소 놀란 표정을 지었다. 이곳 세상에서의 일반적인 상식은 다른 차원 어느 곳의 검술도 여기보다는 아래라는 인식이었다.

그도 그럴 것이, 수많은 다른 세상에서 소환되어 온 강자들의 각종 검술과 투술을 계량하고 발전시켜 최고 수준으로 끌어올리는 작업이 수백 년간 이어져 왔기 때문이다.

다른 세상의 검술이 이곳 발렌티아 대륙의 검술보다 뛰어나다는 건 불가능하다는 게 통설이었다.

"그렇습니다. 개미굴의 붙박이노인을 이긴 것은 우연이 아니었습니다."

"으음, 기대되는군. 안 그렇습니까, 시장님?"

"과연 기대되는군요. 신참 셋이서 베일에 싸인 갈라파고스 가문의 워리어스들을 어떻게 상대할지 말입니다."

샤갈의 자세한 설명은 시장 아르메니우스와 귀족원 의장 로베니우스의 기대를 더욱 높였다.

과연 개미굴의 강자이자 수많은 소환수를 죽이고 살아남은 붙박이노인을 물리친 카시아스의 검술이 얼마나 대단할지 기대되었다. 시민들 역시 이들과 마찬가지의 마음이리라.

빠라라라빠·빠·빰!

나팔 소리와 함께 워리어스들이 마주 섰다. 이번 대결은 삼 대 삼의 대결로 이루어진다.

갈라파고스 가문의 워리어스들은 한 명이 앞에 서고 두 명이 그 뒤쪽 양편에 섰다. 마치 진영을 갖추는 듯 보였다. 무척 자연스럽게 움직이는 것이 한두 번 해본 게 아닌 듯했다.

"저놈들, 진영을 갖춘 거야?"

샤막은 워리어스들이 싸울 진영을 갖추자 황당한 마음이 되었다. 워리어스는 전사가 아닌가. 삼 대 삼이라고 해도 이건 군대나 기사단의 전투가 아니다.

그저 자신의 강함을 보여주는 것일 뿐. 하지만 갈라파고스 가문의 워리어스들은 오직 승리하기 위해 셋의 힘을 가장 잘 발휘할 수 있는 형태로 만든 것이다.

"쉽게 볼 수 없을 것 같다. 삼 대 삼으로 싸울 줄 미리 알고 준비한 것 같아."

카시아스도 이번 싸움이 생각보다 힘들 것이라는 걸 예감했다. 이번 출전은 사실 예정되지 않은 것이다.

본래는 신참이 차례차례 일대일의 승부를 겨루기로 되어 있었고 양성소에서도 그에 대비한 훈련을 집중적으로 해왔다.

그런데 이곳에 도착하고 난 후에 삼 대 삼의 대결이라는 통보를 받았으니 셋이서 호흡을 맞출 틈도 없었던 것이다.

반면에 상대는 약속이나 한 듯 진영을 갖추는 것으로 보아 이미 삼 대 삼의 대결을 대비한 훈련을 해왔다는 걸 알 수 있었다.

"뭐야? 우리에겐 말도 안 해줬는데."

샤막은 불만을 토로했다. 시작부터 불리한 싸움을 하게 된 것이다.

"상관없당께. 내가 먼저 쳐불 것이여."

"로베르토! 기다려!"

카시아스는 뛰쳐나가는 로베르토를 다급하게 말렸지만 이미 로베르토의 공격은 시작되었다.

슈우우우웃!

로베르토의 품에서 단검 하나가 빠르게 날아갔다. 예비 동작도 거의 없었고, 테스트 때에 비하면 더욱 빠르고 날카로웠다.

까아아아앙!

오른쪽을 맡고 있던 워리어스가 커다란 도로 로베르토의 단검을 쳐 냈다. 도의 크기로 본다면 믿기지 않는 속도였다.

"그게 다가 아니여!"

슈우우우웅!

로베르토의 품에서 또다시 단검이 날아갔다. 처음 것보다 더욱 빨랐다.

까아아아앙!

이번에도 커다란 도에 막혔다.

쉬이이이잇!

하지만 하나인 줄 알았던 단검 뒤에 또 하나의 단검이 따라왔다. 한 번의 동작으로 두 개의 단검을 시간차를 두고 날린 것이다. 이것이 로베르토의 비검 중 첫 번째 장기였다.

흠칫.

도를 휘두르던 워리어스는 또 하나의 단검이 숨어 있을 줄 전혀 예상하지 못한 듯했다. 도를 다시 휘두르기에는 늦은 타이밍.

쉬이이이익!

까아아아앙!

왼편에 있던 워리어스의 검이 두 번째 날아오는 단검을 쳐 냈다. 그의 검은 군더더기가 없으면서 빨랐다. 속도에서 본다면 발군일 만큼 두 워리어스는 깔끔한 실력을 선보였다.

"뭐, 뭐여, 허무하게?"

로베르토는 조금의 피해도 주지 못하고 단검이 모두 막혀버리자 당혹스러웠다. 그래도 조금은 피해를 주거나 아니면 틈이라도 만들 생각이었는데 너무나 쉽게 막힌 것이다.

"뭐야? 틈을 봐서 날렸어야지. 아까운 기회만 날렸잖아."

샤막은 성급하게 공격의 기회를 날려 버린 로베르토를 향해 성난 표정으로 나무랐다. 삼 대 삼의 싸움에서 이제는 이대 이의 싸움이나 마찬가지 상황이 된 것이다.

"저렇게 잘 막을지 내가 알았남?"

로베르토는 머리를 긁적였다. 아무리 진영을 갖췄다고는 해도 이렇게나 유기적으로 방어를 할 줄은 몰랐던 것이다.

"아무래도 우리도 합공을 하는 게 좋을 것 같다. 저들은 함께 싸울 모양이다."

카시아스는 단순히 워리어스의 대결이 아닌 일종의 전투로 받아들이기로 했다. 군을 이끌었던 카시아스에게는 익숙한 장면이다. 가장 완벽한 진영을 갖춘 적에게 무턱대고 혼자 공격하는 건 죽으러 가는 것이나 다름없는 일이다.

"그런 것 같아. 저 진영은 보통 말 탄 기사들을 상대하는 진영인데 변형시킨 것 같아."

샤막은 갈라파고스 가문의 워리어스들이 짜고 있는 진영을 알아보았다. 샤막에게는 어느 정도 익숙한 진이었다. 기사단을 상대하는 보병이 가장 효율적으로 말의 속도를 줄이고 기사를 말에서 끌어내리기 위한 진을 변형해 워리어스를 상대하는 셈이다.

"그래? 그럼 어디가 약점이지?"

"글쎄, 많이 달라서. 가운데가 보통 힘이 좋고 방어가 뛰어나다면 양쪽은 공격을 담당해."

샤막은 자신이 알고 있는 진을 전제로 이야기했다. 변형은 했다지만 기본적인 구성은 같을 것이다.

"음. 괜찮은 전법이군. 말 탄 기사들을 상대로는 효과적인 방법이야. 하지만 상대가 우리라면 그리 좋은 진영은 아닌 것 같은데?"

카시아스는 꽤나 안정적인 진이라고 해도 충분히 깨뜨릴 수 있다고 보았다. 보통 말을 탄 기사가 보병에 비해 유리하기는 하지만 약점도 존재한다.

일단 말의 속도가 떨어지게 되면 오히려 보병들의 협공을 받을 수 있었고, 말을 탄 채로는 공격 패턴도 단조로워지기 때문이다.

만일 말 탄 기사만을 상대로 진을 짰다면 두 발을 땅에 디

디고 있는 워리어스의 다채로운 공격에는 빠르게 대처하지 못할 수도 있었다. 카시아스는 그 부분을 파고들 생각이었다.

"어떻게 변형시킨 진영인지는 일단 부딪쳐 봐야 할 것 같아."

"너무 무리하지는 말고 일단 건드려 볼까?"

"좋지."

카시아스와 샤막은 진의 견고함이 어느 정도인지 일단 파악해 보기로 했다. 가장 좋은 방법은 직접 부딪치는 것.

운이 좋다면 처음의 가벼운 공격으로 승부가 날 수도 있는 것이다. 상대는 예상치 못한 공격에 허무한 패배를 맞게 될 뿐이다.

"타핫!"

부아아아앙!

샤막은 힘껏 뛰어올라서는 가운데의 워리어스를 향해 검을 수직으로 내리꽂았다.

쉬시시시싯!

순간 샤막을 향해 기다란 창이 뱀처럼 혀를 날름거리며 쏟아졌다. 창이 찌르는 각도나 움직이는 모습이 기이하면서도 날카로웠다.

"허엇!"

까가가가강!

샤막은 얼른 검을 회수하고는 창을 막는 데 집중했다. 조금만 늦었어도 벌집이 될 뻔했다.

쉬아아아앙!

채채챙!

카시아스의 도가 창을 쳐 내기 위해 아래에서 위로 빠르게 휘둘러졌지만 어느새 왼쪽의 워리어스의 검이 막아섰다.

"차핫!"

후아아아앙!

카시아스의 도가 막히는 사이 오른쪽 워리어스의 커다란 도가 머리 위로 떨어져 내렸다.

"이런."

까아아앙!

샤샤샤샷!

카시아스는 얼른 도를 쳐 내고는 뒤로 물러났다. 샤막도 안 되겠다 싶었는지 카시아스와 함께 물러나 버렸다.

"이, 이놈들, 장난 아닌데? 마치 한 사람 같아. 단순히 몇 번 연습한 솜씨가 아냐. 각자의 실력도 뛰어난 것 같지만 셋의 움직임이 너무나 자연스러워."

샤막은 그저 기사에 대한 진을 변형한 정도로만 보았는데 막상 부딪쳐 보니 상상 이상이었다. 무엇보다 워리어스 하나하나의 솜씨가 수준급이었다.

일대일로 붙는다고 해도 승부를 쉽게 장담하지 못할 만큼 각각의 수준이 대단했던 것이다.

그러한 자들이 유기적으로 움직이다 보니 공격할 틈을 찾기는커녕 접근하자마자 오히려 적의 공격이 쏟아졌다.

기다란 창을 이용한 현란한 공격으로 정신을 빼놓고 양쪽에서는 검과 도가 치명적인 공격을 가해온다. 이렇게 되면 접근 자체가 어렵다고 봐야 했다.

"아무래도 꽤나 오랫동안 수련한 것 같다. 세 명이서 저렇게 유기적으로 움직이기 위해서는 하루이틀로 되는 게 아니야. 서로 간에 공격과 방어를 넘나들며 하나가 되고 있어. 저들보다 압도적인 고수가 아니라면 깨뜨리기 힘들 것 같다."

카시아스도 이들이 갖춘 진의 수준이 대단하다는 걸 깨달았다. 로베르토가 없는 이상 둘만으로 진을 깨뜨리는 건 힘들었다. 아니, 로베르토가 합세한다고 해도 일반적인 방법으로 진을 깨뜨리는 건 어렵다고 봐야 했다.

그만큼 저들의 움직임은 오랜 훈련을 통해 몸에 배어 있었던 것이다. 지금의 실력으로는 무리였다.

"어쩌지? 이대로는 접근하기조차 힘든데?"

"하나하나의 실력은 우리보다 위는 아니야. 어떻게든 떨어뜨려 봐야 승산이 있다."

카시아스는 그나마 가장 가능성 있는 방법을 생각해 냈다.

보통은 셋이 모인다고 해서 세 배의 힘을 발휘하는 건 아니다. 장점도 있지만 단점도 공존하기 때문이다.

하지만 이들은 셋이 모여 셋 이상의 힘을 발휘하고 있다. 그렇다면 셋이 모일 수 없게 만드는 게 최선이었다.

"떨어뜨리기만 하면 된다 이거여?"

"할 수 있겠지?"

"무조건 해야 하는 거 아니여?"

"그래. 무조건 떨어뜨려야 우리가 살아남지."

"다시 해보자. 기회는 한 번뿐이다. 분명 방심하고 있을 거다."

카시아스는 샤막과 로베르토에게 작전을 지시했다. 사실 처음부터 이러한 부분을 염두에 두고 안배해 뒀던 것이 있다. 아직 갈라파고스 가문의 워리어스들은 모르고 있었지만.

"로베르토! 너한테 달린 거 알지? 오늘 밤 애나 봐야지?"

샤막은 로베르토가 유일하게 집착하는 애나까지 들먹이며 신신당부했다.

"두말하면 잔소리재. 믿어불드라고."

로베르토는 자신만만했다.

"우리는 반드시 살아남아야 한다!"

카시아스는 결의에 찬 표정으로 말했다. 시합 하나하나에 목숨이 달려 있었다. 이곳에서 할 일이 있지 않은가. 카시아스는 절대로 죽을 수 없었다.

　한편, 위에서 대결을 지켜보던 상석의 관람석에서도 분위기가 달아올랐다. 비슷하게 진행되는 경기보다는 이렇게 한쪽이 우세하며 압도적으로 밀어붙이는 게 보기에도 신이 나는 것이다.

　"저, 저, 저! 샤갈 가주, 저렇게 되면 삼 대 삼이 아니라 삼 대 이가 아닌가? 시작부터 단검을 날리더니 아예 손을 놓고 구경만 하지 않나? 멍청한!"

　아르메니우스는 로베르토의 단검 세 개가 모조리 막히고 카시아스와 샤막만이 진에 맞서 싸우는 모습에 황당함을 감추지 못했다. 시작부터 단검을 던진다는 말에 실망했는데 역시나 대결이 시작되자마자 같은 동료들에게 민폐만 끼치는 게 아닌가.

　"갈라파고스 가문의 워리어스들의 수준이 꽤나 높습니다. 지금까지만 본다면 클라니우스 가문의 워리어스들이 아무것도 하질 못하는 것이 격차가 너무 큰 게 아닌지 생각되는군요."

　로베니우스도 지금까지의 결과만 본다면 갈라파고스 가문의 워리어스들이 승리하는 쪽으로 기울었다. 셋의 연계된 움직임이 자연스러웠고, 이에 반해 클라니우스 가문의 워리어스들은 아예 접근조차 못하는 상황이었기 때문이다.

"역시 신참이라 차이가 큰가 봅니다."

아르메니우스는 고개를 저었다. 이번 피의 제전만큼은 클라니우스 가문이 옛 명성을 이어가기 힘들 것으로 보았다.

"후후, 끝까지 지켜보시지요. 결국 승리하는 건 저희 가문의 워리어스들일 테니까요."

모두가 갈라파고스 가문의 승리를 낙관하고 있었지만 샤갈 가주만큼은 이들을 믿었다. 첫 테스트를 비롯해 그동안의 훈련 과정을 지켜보면서 이들의 승리를 확신한 것이다.

"이 상황에서도 자넨 자신만만하구먼."

"저렇게까지 자신하니 일단 지켜봐야겠습니다."

"과연 어떻게 역전이 될지 궁금하구먼."

샤갈의 자신만만한 모습이 다소 허풍스레 보이기는 했지만 그동안 보여준 클라니우스 가문의 저력을 생각한다면 뭔가 다른 결과가 나올 가능성도 배제할 수는 없었다.

모두는 계속되는 대결을 지켜보며 과연 반전이 일어날지에 대해서 흥미가 생겼다.

카시아스와 샤막은 로베르토에게 눈짓을 하고는 동시에 앞으로 쇄도했다.

부아아아앙!

샤막의 검이 먼저 힘껏 휘둘러졌다. 아까처럼 샤막의 검을 창이 막아섰다.

쉬이이이잇!

카시아스의 도가 앞의 워리어스를 향했다. 이번에도 검과 도가 양쪽에서 카시아스를 막아섰다. 하지만 카시아스가 노린 것은 앞이 아닌 옆의 워리어스였다.

카시아스는 커다란 도를 휘두르는 워리어스의 옆으로 돌아서며 도를 찔러 넣었다. 큰 도인 만큼 방향 전환이 상대적으로 느리기 때문이다.

"어림없다!"

카시아스의 도가 자신을 향하자 워리어스는 몸을 힘껏 틀며 그 반동으로 도의 진행 방향을 바꿨다. 갑작스러운 대처치고는 훌륭했다. 하지만 카시아스의 진짜 목적은 다른 데 있었다.

"로베르토!"

"으랴압!"

쉬이이이잉!

로베르토의 팔이 좌우로 빠르게 교차했다. 그와 함께 갈라파고스 가문의 워리어스들 뒤에서 가느다란 파공음이 들렸다.

"음?"

"이런!"

쐐애애애액!

츄아아아악!

처음 쉽게 막혔던 로베르토가 던졌던 단검 세 개가 갈라파고스 가문의 워리어스들을 향해 쏜살같이 날아왔다. 샤막과 카시아스의 공격에 집중하고 있던 워리어스들은 생각지도 못한 공격에 속수무책이었다. 이미 저만치 쳐 내버린 단검이 다시 날아올지는 몰랐기 때문이다.

가까스로 몸을 틀어 치명상은 피했지만 어깨와 옆구리를 베이는 건 어쩔 수 없었다.

"지금이다! 샤막! 하앗!"

"타앗!"

로베르토의 단검에 중심이 흐트러진 찰나의 순간을 놓치지 않고 카시아스의 도와 샤막의 검이 두 명의 워리어스를 지나쳐 갔다. 단 한 순간의 빈틈을 노린 것이다.

푸아아아악!

살이 갈라지며 피가 뿜어져 나왔다. 커다란 도를 들었던 워리어스는 목의 동맥이 잘리며 피가 쏟아져 나왔다. 창을 휘두르며 중심을 잡았던 워리어스 역시 샤막의 검에 옆구리를 깊게 베였다.

핏덩이가 바닥으로 쏟아져 나오며 내부는 진탕이 되었다.

"크윽!"

"커헉!"

털썩!

두 명의 워리어스가 바닥으로 무너져 내렸다. 이제 남은 건 검을 든 워리어스 하나뿐.

"이, 이놈들……."

워리어스의 얼굴이 일그러졌다. 설마 이런 식으로 당하게 될 줄 어찌 알았겠는가. 워리어스의 눈에는 분노와 안타까움이 공존했다. 동료들과 사이가 꽤나 가까웠던 모양이다.

"너희들에게 감정은 없다. 마음은 편치 않지만 우리로서도 선택의 여지가 없다. 미안하다."

카시아스는 남은 워리어스를 향해 말했다. 살기 위해 검을 들기는 했지만 이런 싸움이 달가울 리가 없었다. 어떤 목적을 이루기 위한 싸움도 아니었고 전쟁도 아니다.

그저 구경꾼들을 흥분시키고 그들에게 쾌감을 맛보게 하기 위해 죽이는 이런 짓은 하고 싶지 않았다.

하지만 살아남기 위해서는 선택의 여지가 없었다. 비록 상대방에게 동정이 생겨도 지금은 끊어야 할 때다.

"후우우, 어차피 이곳에 선 이상 어쩔 수 없겠지. 너희들을 원망할 생각은 없다. 이런 곳에 설 수밖에 없게 만든 자들에 대한 분노에 치가 떨릴 뿐."

워리어스는 긴 한숨을 내쉬었다. 그 역시 카시아스의 생각과 다르지 않았다. 비록 동료들을 죽였지만 카시아스 일행을 원망하지 않았다. 이런 처지에 놓이게 만든 자들에 대한 분노를 표출할 뿐.

갈라파고스 가문의 워리어스는 다른 가문의 워리어스와는 생각이 많이 달라 보였다.

보통은 워리어스라는 칭호를 자랑스레 여기고 콜로세움에서의 승부를 명예롭게 생각하지만 이자는 전혀 그렇지 않아 보였다.

"오라! 유리한 상황을 이용하지는 않겠다. 혼자서 상대해 주겠다. 승부해 주마."

카시아스는 워리어스의 이야기에 마음이 흔들렸다. 자신의 생각과 다르지 않은 것이다.

이런 장소에서 만나 죽일 수밖에 없는 운명이 싫었지만 최소한의 예를 갖춰 대하고 싶었다.

"카시아스!"

"뭔 소리여?"

샤막과 로베르토가 동시에 소리쳤다. 마음은 이해가 되어도 지금은 감상에 젖을 때가 아니다.

이곳은 다름 아닌 피의 제전. 한순간에 목숨을 잃을 수 있는 곳이고 살기 위해서는 반드시 죽여야만 하는 곳이다. 감상에 빠져 자비를 베풀 만한 상황이 아닌 것이다.

"홋. 아직 덜 당했나 보군."

워리어스는 피식 웃었다. 카시아스의 모습을 비웃는 것도 같았지만 그의 눈은 얕보는 눈빛은 아니었다.

"무슨 말이지?"

"아니, 오히려 물들지 않은 건가? 그럴 필요 없다. 함께 덤벼라! 저들이 원하는 건 일대일 대결이 아니니까. 얼마나 잔인하게 죽이느냐 그것뿐이다."

워리어스는 피의 제전이 원하는 바를 정확히 알고 있었다.

"으음."

카시아스는 절로 신음성이 흘러나왔다. 뭘 해야 하는지는 알지만 차마 발이 떨어지질 않았다.

"이긴다고 살아남는 게 아니다. 너희들이 뜸을 들이면 다 같이 죽게 된다. 그러니 난 신경 쓰지 마라. 어차피 너희 셋을 당할 수는 없으니까. 그리고… 안주하지 마라. 여기는 우리 세상이 아니다. 우리는 짐승만도 못한 노예일 뿐이다. 그걸 잊지 마라."

워리어스는 카시아스에게 한 가지 당부를 했다. 그건 적으로서가 아니다.

같은 소환수로서 이곳에서 당해왔던 한이 고스란히 묻어나왔다. 그는 이미 죽음을 받아들이고 있었다.

"나 역시 같은 마음이다. 하지만 안주하지 말라니? 무슨 뜻이지? 여기서 뭘 할 수 있다는 말인가?"

카시아스는 워리어스의 알 수 없는 당부가 무엇을 의미하는지 알 수 없었다. 그 자신조차 노예의 굴레에서 벗어나지 못하고 이곳에서 생을 마감하지 않는가.

"으음. 한 가지만 말해주지. 신참 같은데 절대로 경거망동하지 마라. 특히 오늘은. 그냥 죽은 듯이 있어라. 그것만이 살 길이다. 명심해라. 절대 충동적으로 나서지 마라. 이건 나를 배려해 주려고 한 데 대한 보답이다."

워리어스는 마지막으로 한 가지 충고를 더 했다. 하지만 그 내용은 전혀 이해할 수 없는 것이었다.

"무슨 말이지?"

카시아스는 무슨 의미인지 물었지만 워리어스는 더 이상 대답하지 않고 움직였다.

"명심해라! 그럼 내가 먼저 간다! 거기 덩치! 조심해라!"

쐐애애애액!

워리어스는 로베르토를 향해 몸을 날리며 검을 뻗었다. 갑작스러운 공격에 로베르토는 기겁을 했다.

"우와악! 갑자기 뭔 짓이여?"

로베르토는 양손을 정신없이 휘두르며 뒷걸음질을 쳤다. 단검을 회수해 방어하기에는 이미 늦었다.

쉬이이이잇!

까아아아앙!

카시아스의 도가 한발 앞서 워리어스의 검을 막아섰다.

부아아아앙!

슈가가각!

동시에 샤막의 검이 워리어스의 가슴을 깊게 베며 지나쳤다.

쫘아아아악!

콸콸콸콸!

가슴이 갈라지며 피가 쏟아져 내렸다. 뼈까지 잘라지며 워리어스는 그대로 쓰러졌다.

"어쩔 수 없잖아. 우리가 죽을 수는 없으니까."

"으음."

샤막은 나지막이 말했다. 샤막도 그를 죽이는 게 내키지는 않았지만 선택의 여지가 없었다. 카시아스의 마음은 착잡했다. 이렇게 무의미하게 서로를 죽여가는 콜로세움이 지옥처럼 느껴졌다.

이런 생지옥을 경험하는 걸 마치 대단한 명예인 양 떠드는 워리어스들을 카시아스는 이해할 수 없었다.

"와아아아!"

"클라니우스! 클라니우스!"

잔혹한 광경이었지만 시민들은 그 모습에 더욱 열광했다. 그들에게 워리어스들은 같은 인간이 아니었다. 그들이 고통스러워할수록, 붉은 피가 낭자할수록 시민들은 흥분의 도가니에 빠져들었다.

  언제나 짜릿한 쾌감을 주는 클라니우스 가문은 시민들에게는 무엇보다 사랑스러운 존재였다. 시민들은 클라니우스 가문을 외치며 더 잔혹한 장면을 연출해 주기를 바랐다.

WARRI⊕RS

콜로세움에서는 피의 제전답게 그 어느 때보다 잔혹한 살육의 장이 펼쳐졌다. 보통은 패하더라도 목숨은 건지는 경우가 많았지만 오늘만큼은 패하면 그 누구도 살아 돌아갈 수 없다.

오직 삶과 죽음만이 팽팽하게 맞설 뿐.

콜로세움의 바닥은 붉은색으로 물들었고, 여기저기 널브러진 살점들은 참혹했던 순간들을 보여주었다.

"우와아아아!"

"죽여라!"

"죽여라! 죽여라!"

시민들은 오직 광기에 찬 외침으로 미쳐 가고 있었다.

비잔티움과 인근 도시의 워리어스 양성소까지 총 여덟 개의 가문이 참가한 피의 제전은 점점 그 끝을 향해 가고 있었다.

샤갈과 막시무스의 의도대로 두 가문은 다른 가문의 워리어스들을 도륙하며 마지막까지 남았다.

갈라파고스 가문의 워리어스들은 첫 출전치고는 제법 괜찮은 성과를 거두었는데 클라니우스 가문의 워리어스 중 상당수가 그들에게 목숨을 잃었다.

갈라파고스 가문의 워리어스들은 하나하나가 상당한 실력을 지녔고, 두 가문에는 변수로 작용했다.

처음 의도와는 달리 두 가문이 결승에서 만나지 못하게 되는 결과가 될지도 몰랐다.

하지만 갈라파고스 가문은 웬일인지 준결승전 출전을 포기했고, 처음 의도대로 클라니우스 가문과 오로도스 가문의 워리어스들이 피의 제전 마지막을 장식하게 되었다.

만일 다른 가문이 결승전 출전을 일방적으로 포기했다면 엄청난 대가를 치르겠지만 전대의 황후 가문인 갈라파고스 가문이 그런 걸 걱정할 이유는 없었다.

뿌우우우우웅!

고동 소리와 함께 워리어스 대기실의 모든 문이 활짝 열렸다. 클라니우스 가문과 오로도스 가문뿐만 아니라 패한 가문의 워리어스들도 모두 나와 콜로세움 가장자리에 넓게 둘러섰다.

워리어스들에게는 최고의 명예로운 호칭인 킹 오브 워리어스의 탄생을 바라는 염원을 보여주는 것이다.

"우와아아아!"

모든 워리어스가 나와 콜로세움에 서자 시민들의 함성은 극에 달했다.

빠라라빠빠뺨!

나팔 소리와 함께 두 가문을 대표해 각각 열 명의 워리어스가 가운데로 향했다.

두 가문의 최고의 워리어스를 가리는 대결이었다.

오로도스 가문에서는 세르게이를 중심으로 양쪽에 아홉 명의 워리어스가 섰다.

클라니우스 가문에서는 소환수의 리더인 테일러와 투견의 리더인 야콥, 그리고 여덟 명의 워리어스가 섰다.

의외인 것은 카시아스를 포함한 신참 삼인방이 피의 제전의 마지막을 장식하는 대결에 서게 된 것이다.

"이게 어떻게 된 거여? 우리가 왜 여기에 서는 거여?"

로베르토는 무척 당황했다. 피의 제전의 마지막 승자는 킹 오브 워리어스가 될 수 있는 무대였고, 당연히 각 가문의 최고의 승자가 그에 걸맞은 활약을 펼쳤을 때 시민들의 지지로 탄생하게 된다.

신참인 카시아스 일행은 피의 제전 마지막을 장식할 자격이 없는 것이다.

무엇보다 피의 제전 마지막 무대에서 살아날 가능성은 거의 없다는 게 문제였다.

상대 가문 역시 최고의 강자들이 출전하기 때문에 그야말로 사투가 펼쳐지게 된다.

"샤막, 내가 듣기로는 피의 제전의 마지막 대결은 킹 오브 워리어스를 가리는 자리로 알고 있는데 우리 같은 신참이 서도 되는 건가? 우린 아직 워리어스라는 이름도 못 얻지 않았나?"

"나도 모르겠다."

카시아스도 왜 자신들이 피의 제전의 마지막 무대에 서게 되었는지 도무지 이유를 알 수 없었다. 일단은 이곳 출신인 샤막에게 답을 구해보는 수밖에 없었다.

하지만 샤막도 이런 경우를 들어본 일이 없었다. 이번 피의 제전은 기존의 무대와는 다른 점이 너무도 많았던 것이다.

"이런 적이 있었나?"

"글쎄, 내가 알기로도 신참이 킹 오브 워리어스를 선발하는 결투에 선 적은 없는 걸로 아는데, 이상하다."

"으음. 일상적인 게 아니라면 뭔가가 있는 거다. 각별히 조심하자. 불길해."

카시아스는 본능적으로 안 좋은 일이 벌어질 것이라는 걸 직감했다. 일상적이지 않은 일에는 반드시 그 이유가 있게 마련이다. 누군가 의도했든 아니면 그런 결과를 위해 여러 변수가 작용했든 예상치 못한 일들이 벌어질 가능성이 높았다.

"전에도 말했지만 믿을 사람은 우리뿐이다. 소환수든 투견이든 우리 셋만 뭉치면 되는 거야."

"내가 뒤는 확실하게 봐줄 테니 조심하드라고."

카시아스와 샤막, 그리고 로베르토는 바짝 긴장하며 주변을 경계했다. 오로도스 가문의 워리어스뿐만 아니라 동료들에 대한 경계도 늦추지 않았다.

이미 다른 대회에서 소환수와 투견들 간에 서로를 죽인 사례가 있었기 때문이다.

"저… 시장님, 이번 결투는 킹 오브 워리어스가 나올지도 모르는데 신참들을 굳이 참가시킨 이유가 있으신지요?"

샤갈은 무척 불만스러웠지만 최대한 티를 내지 않으며 물었다. 샤갈도 마지막 무대에 신참들이 서게 된다는 걸 안 건 불과 전 시합 때였다. 완전히 뒤통수를 맞은 셈이다.

"저 셋이 꽤나 인상적이지 않았는가? 말이 신참이지 내가 보기에는 상당한 실력 같았네. 굳이 나오지 못할 이유는 없지 않은가?"

아르메니우스는 신참들을 꽤나 높이 평가한 모양이다. 아마도 이번 대진표에는 아르메니우스의 입김이 상당히 작용한 것 같았다. 물론 사전에 샤갈에게는 일절 통보가 없었다.

"그야 그렇지만 저들은 잘만 훈련시키면 장차 시민들의 마음을 확실히 사로잡을 워리어스로 성장할 수 있는 재목들입니다. 하지만 지금 실력으로는 피의 제전의 마지막을 장식하기에는 많이 모자랍니다. 허무하게 죽을 것입니다."

샤갈은 신참들에 대한 기대가 컸기에 이번 대진표에 대해서 무척 불만이 많았다. 각자의 사연들도 그렇지만 그들의 재능이 뛰어났기 때문이다.

제대로만 훈련시킨다면 적어도 다음 피의 제전에는 확실히 마지막 무대를 장식할 만한 실력을 갖추게 될 것이라는 확신이 있지만 이번은 아니었다.

"시민들의 저 함성을 보게. 아마도 재미있는 시합이 될 게야. 그리고 여기 막시무스 가주도 동의한 일이네."

"막시무스 가주가 말입니까?"

아르메니우스의 이야기에 샤갈의 얼굴이 일그러졌다. 이

번 대진표와 관련해 뒤통수를 친 게 다름 아닌 막시무스라니 뜨거운 것이 치밀어 올랐다.

웃는 낯으로 찾아와 대진표를 논하던 자가 이렇게 뒤통수를 칠 줄 어찌 알았겠는가.

"그렇다네. 막시무스 가주, 안 그런가?"

"맞습니다. 저들은 지금까지의 신참들과는 확실히 다릅니다. 각자 사연이 있는 자들이지요. 강한 힘도 중요하지만 시민들의 마음을 움직이는 건 그들의 관심을 끌 만한 또 다른 요소가 필요한 법입니다. 저 신참들은 충분히 시민들에게 어필할 수 있는 사연들을 가졌습니다."

막시무스는 마치 준비라도 해온 것처럼 술술 이야기를 풀어 나갔다. 신참들을 마지막 무대에 내보내려고 제안한 건 아무래도 막시무스인 듯했다.

이번 신참들은 개미굴에서 사오는 과정에서 샤갈이 막시무스의 뒤통수를 치지 않았던가.

아마도 그에 대한 복수를 하는 모양이었다. 어차피 얻지 못할 것이라면 애초에 싹을 잘라 버리는 의도가 분명해 보였다.

"것 보게. 다들 원하는 일이지 않은가?"

"물론 저들이 좋은 시합을 보여준다면야 저로서도 불만은 없습니다."

막시무스의 찬란한 언변에 아르메니우스는 고개를 끄덕이

며 동조했다. 샤갈은 당장에라도 욕지거리가 튀어 나오려는
걸 꾹꾹 참아야 했다. 이미 무대에 오른 만큼 지금 와서 무를
수도 없었던 것이다.

"그럼 지켜보세나."

찌릿.

샤갈은 남몰래 막시무스를 노려보았다. 그의 눈빛은 살기
마저 번뜩거렸다.

"크흠. 따로 얘기함세."

막시무스는 샤갈의 시선을 피하며 나지막이 말했다.

클라니우스 가문과 오로도스 가문의 워리어스들이 마주
섰다. 카시아스는 시종 세르게이만을 바라보았다. 다시 봐도
운하일검 설하문이 맞았다.

그때보다 더 젊어 보이기는 했지만 그것은 차원이동을 거
치며 몸이 최상의 조건으로 재구성되었기 때문일 것이다. 자
신도 이전보다 몸 상태는 더 나아졌기 때문이다.

"음? 설마……."

세르게이도 누군가 자신을 뚫어져라 보는 것을 느꼈는지
그쪽으로 시선을 돌리고는 그대로 굳어버렸다. 믿기지 않게
도 눈앞에는 장군직까지 버려가며 쉼없이 도전을 청했던 강
철웅이 서 있지 않은가.

세르게이는 눈을 비비며 다시금 바라보았다. 외모가 살짝 변하기는 했어도 강철웅이 분명했다.

꾸벅.

카시아스는 다른 사람이 눈치채지 않도록 살짝 고개를 숙이며 인사를 건넸다.

끄덕.

세르게이도 살짝 고개를 숙이며 인사를 받아주었다.

"아, 역시 설 대협이 맞구나. 이곳에서 마주하게 될 줄이야."

카시아스는 세르게이가 인사를 받아주자 그가 운하일검 설하문임을 확신했다. 그를 삼 년간 찾아 헤매지 않았던가. 그런데 만나게 된 곳이 다른 세상이라니 참으로 얄궂은 운명이었다.

더욱이 이곳은 피의 제전. 같은 가문의 워리어스가 아닌 이상 하나는 죽어야만 한다. 카시아스의 마음은 착잡했다. 당장에라도 달려가 아는 체를 하고 싶었지만 그랬다가는 다른 워리어스들의 칼을 맞고 순식간에 목숨을 잃게 될 것이다.

"세르게이, 그간 한번 붙어보고 싶었는데 이제야 만나게 되는군. 난 테일러라고 한다."

테일러가 먼저 아는 체를 하며 말을 건넸다. 그동안 세르게이가 명성을 날리는 사이 테일러는 세르게이와의 일전을 벼르며 훈련해 오지 않았던가.

샤갈은 테일러가 세르게이를 이길 것이라는 확신이 들지 않아 매번 대진표를 구미에 맞게 바꾸며 둘의 대결을 회피했었다.

하지만 이번에는 자신하는 듯했다. 오로도스 가문에는 세르게이와 견줄 만한 강자가 없었기 때문이다.

반면에 클라니우스 가문에는 테일러 외에도 투견 야콥이 있었다. 이들 둘이 힘을 합친다면 세르게이를 물리칠 수 있다고 판단한 것이다.

"자네 시합은 몇 번 봤네. 훌륭하더군."

세르게이도 아는 체를 했다.

"나 역시 이 시간을 기다렸다. 야콥이라고 한다."

"자네 검도 뒤지지 않더군."

이어지는 야콥의 말에 세르게이도 받아주었다.

"풋내기들이야 지들끼리 어울리든 알아서 하고. 어떤가, 나와 겨루는 것이?"

테일러가 한발 나서며 세르게이와의 대결을 청했다. 단체전이었지만 일대일의 대결로 누가 진정한 최강의 워리어스인지 가리고 싶었던 것이다.

"무슨 소리야? 세르게이는 내 차지야. 만일 막아선다면 나랑 먼저 승부를 봐야 할 거야."

하지만 양보할 야콥이 아니었다. 야콥도 한발 나서며 테일러를 견제했다. 이번 제전에서 킹 오브 워리어스가 탄생할 가능성은 무척 높았다. 그런 기회를 테일러에게 양보할 생각은 추호도 없는 것이다.

"해보겠다는 건가?"

"우리도 승부를 가릴 때가 되지 않았나?"

테일러와 야콥은 조금도 양보하지 않고 대립했다. 자칫하면 같은 가문의 워리어스끼리 대결하는 장면이 펼쳐질지도 몰랐다.

본래부터 앙숙이었던 사이에 킹 오브 워리어스라는 명예까지 걸렸으니 예견된 일이었다.

"그러지 말고, 이렇게 하는 게 어떤가?"

이때 세르게이가 나서며 한 가지 제안을 했다.

"좋은 수라도 있나?"

"들어보지."

으르렁거리던 테일러와 야콥도 관심을 보였다.

"혼자보다는 자네 둘이 같이 덤비게. 그래야 어느 정도 공평해질 것 같은데."

세르게이의 제안은 광오하기 이를 데 없었다. 클라니우스 가문의 최강자 둘을 혼자서 상대하겠다고 선언한 것이다. 그만큼 실력에 자신이 있는 듯했다.

"지금 우리를 무시하는 건가?"

"건방진!"

세르게이의 광오한 선언은 테일러와 야콥에게는 엄청난 굴욕으로 다가왔다. 마치 자신들을 신참 다루듯 대하는 세르게이의 모습에 둘은 약속이나 한 듯 살기를 뿜어냈다.

"오늘은 피의 제전! 일단 살아야 하지 않겠는가? 함께 덤비는 게 그나마 가능성이 높아질 것 같은데. 괜한 체면 때문에 허무하게 목숨을 버리지 말게나. 이건 충고일세."

세르게이는 계속해서 둘의 합공을 권했다. 이쯤 되면 단지 둘을 자극하기 위한 꼼수는 아닌 것 같았다. 정말로 둘을 상대로 이길 자신이 있는 모양이다.

"흥! 그렇게 죽기를 원한다면 할 수 없지."

"먼저 제안한 것이니 원망하지는 않겠지?"

"물론."

테일러와 야콥은 서로를 바라보며 고개를 끄덕였다. 말은 안 했지만 세르게이의 실력은 둘 다 인정하고 있었다. 사실 일대일로 이길 자신은 없었지만 자존심 때문에 큰소리쳤을 뿐.

하지만 명분을 주었으니 마음 놓고 합공하면 되는 것이다.

쉬이이이잇!

테일러와 야콥은 약속이나 한 듯 동시에 세르게이를 향해 쇄도했다. 세르게이의 검이 서서히 뽑혔다.

CHAPTER
04

얄궂은 운명

"우와아아아!"

"삐이이익!"

"꺄아아악!"

피의 제전의 열기가 한층 뜨거워지며 시민들은 열광하기 시작했다. 반쯤 미친 것처럼 비명을 지르고 절규하며 뜨거운 모래를 붉게 적시는 워리어스들의 피의 향연에 빠져들었다.

츄아아아악!

피가 뿜어지며 온통 피범벅이 되었다. 뼈가 잘리고 살점이 여기저기 튀었다. 그럴수록 시민들은 더욱 열광하며 함께 미쳐 가고 있었다.

까아아앙!

채채채챙!

"로베르토! 조심해!"

로베르토를 향해 달려드는 오로도스 가문의 워리어스를 카시아스와 샤막이 함께 막았다. 오로도스 가문의 워리어스는 갈라파고스 가문의 워리어스와는 달랐다. 최강의 워리어스들이 서는 무대인 만큼 하나하나가 신참들이 막기에는 역부족이었다.

카시아스와 샤막, 그리고 로베르토는 갈라파고스 가문의 워리어스들이 했던 것처럼 셋이 진영을 갖추고는 덤벼드는 워리어스만을 상대했다.

한편 테일러와 야콥은 세르게이에게 맹공을 퍼부었지만 세르게이의 검을 뚫지는 못했다.

채채채챙!

까가가강!

세르게이의 검이 쉼없이 휘둘러졌다. 그의 검은 화려하면서도 부드럽게 사방을 점했다. 반면 테일러와 야콥은 무엇이든 뚫고 깨부숴 버릴 것처럼 거칠게 몰아갔다.

샤샤샤샤샷!

순간 세르게이의 신형이 흐려지며 잔상이 남았다. 마치 수

십 명의 세르게이가 있는 것처럼 그가 이동한 자리에는 수많은 잔상이 남으며 그의 뒤를 따랐다.

"야콥! 조심해!"

"허억!"

테일러가 경고했지만 야콥이 막기에는 역부족이었다.

부아아악!

세르게이의 검이 옆구리를 베고 지나갔다.

피피피핏!

검이 지나간 자리에 붉은 선이 생기더니 피가 뿜어졌다.

"크윽!"

야콥은 옆구리를 움켜잡았다. 최대한 몸을 틀어서인지 깊게 베이지는 않았다.

샤샤샤샷!

세르게이는 곧바로 방향을 바꿨다. 테일러 쪽이었다.

"젠장!"

테일러의 표정이 일그러졌다. 방금 전의 공격으로 야콥은 더 이상 도움이 되지 않았다.

파팟!

테일러는 일단 빠르게 물러났다.

샤샤샤샷!

하지만 그보다 더 빠르게 세르게이가 따라붙었다.

쉬이이이잇!

까가가가강!

세르게이의 운하검은 유려한 곡선을 그리며 테일러를 몰아갔다. 테일러는 정신없이 방어하느라 공격할 꿈도 꾸지 못했다. 이대로는 결국 당할 수밖에 없다.

"나 아직 안 죽었어! 새끼야!"

후아아아앙!

야콥은 있는 힘을 다해 세르게이에게 쇄도했다. 테일러가 당해 버리면 혼자서는 세르게이를 이길 수 없었기 때문이다. 오늘은 피의 제전이 아닌가.

패자는 죽어야 한다. 세르게이를 꺾지 못하는 한 클라니우스 가문의 워리어스들은 모두 죽게 되는 것이다. 야콥은 절대로 여기서 죽을 생각이 없었다.

파파파팟!

까아아앙!

세르게이는 재빨리 방향을 틀어 야콥 쪽으로 향했다. 야콥의 검이 크게 휘청거리며 바닥에 떨어졌다.

휘리리리릭!

퍼어어억!

"커헉!"

세르게이의 몸이 휘돌며 야콥의 얼굴을 휘감아 찼다. 야콥은 그대로 나가떨어졌다.

"야콥! 타핫!"

야콥이 당하자 테일러도 앞으로 달려들며 세르게이를 향해 혼신의 힘을 다한 일검을 날렸다. 목숨마저 도외시한 공격이었다. 테일러도 야콥과 마찬가지로 여기서 그를 꺾지 못하면 몰살이라는 것을 알기 때문이다.

까아아앙!

세르게이의 운하검이 크게 휘어지더니 활처럼 튕기며 테일러의 검면을 찍어버렸다.

"허억!"

테일러의 혼신의 일검은 다다르기도 전에 막혀 버렸다. 테일러는 중심을 잃었다.

슈가가각!

파파팡!

세르게이는 틈을 놓치지 않고 테일러의 허벅지를 베었다. 허벅지가 반으로 갈라졌다. 근육이 끊어지고 뼈가 잘렸다. 허벅지 살이 너덜거리며 벌어졌다.

"끄으윽!"

테일러는 그대로 바닥에 쓰러졌다. 끔찍한 고통이 밀려왔다. 뼈와 근육이 잘린 살 속을 두 눈으로 보는 건 악몽이나 다름없었다.

"피의 제전이라는 게 유감이군. 좋은 승부였는데 다음을 기약할 수가 없다니……."

세르게이는 이들을 죽여야 한다는 게 내키지 않았지만 선택의 여지가 없었다. 아니면 자신을 비롯해 오로도스 가문의 워리어스는 모두 몰살당하기 때문이다.

"크으윽! 졌다."

"썅! 여기서 뒈진다니!"

테일러와 야콥은 패배를 인정했다. 둘이 합공했는데도 세르게이를 무너뜨릴 수 없었다. 너무나 강했다. 세르게이의 검은 지금껏 경험했던 그 어떤 워리어스의 검보다 강했다.

스으으윽.

세르게이의 검이 천천히 올라갔다.

*   *   *

한편 카시아스 일행은 목숨이 경각에 달렸다. 오로도스 가문의 워리어스 때문이 아니라 클라니우스 가문의 워리어스들이 공격한 것이다. 비트레이와 두 명의 워리어스가 샤막을 집요하게 노렸다.

샤막은 이미 만신창이가 되어 있었다.

츄아아악!

푸화아아악!

또다시 비트레이의 검이 샤막의 옆구리를 가르고 지나갔다. 살이 벌어지며 피가 뿜어졌다.

슈가가각!

츄아아악!

이어지는 공격에 가슴과 어깨가 깊게 베였다.

"끄으으윽!"

털썩!

샤막은 결국 바닥에 무너져 내렸다. 의식이 흐릿해지기 시작했다. 상처가 깊고 피를 너무나 많이 흘린 탓이다.

샤막의 흐릿한 눈에 비치는 건 카시아스와 로베르토가 필사적으로 그들과 싸우는 모습이다.

하지만 역부족이었다. 신참과 워리어스의 차이는 분명했다. 무엇보다 마나의 양이 차이가 컸다.

카시아스는 양성소에서 배운 마나 수련법 대신 본래 자신의 마나 수련법으로 바꾸었기에 마나가 쌓이는 속도는 상대적으로 느렸다.

카시아스의 마나 수련법은 일정 기간 동안은 느리게 마나가 축적되지만 어떤 단계를 기점으로 급격히 증가하게 되는데 아직은 시간이 필요했던 것이다.

이대로는 카시아스와 로베르토마저 죽게 생겼다. 카시아

스와 로베르토의 몸에도 무수한 칼자국이 새겨진 상태다.

"이게 대체 무슨 짓이냐? 같은 동료가 아니냐?"

"이런 개 같은 새끼들! 진짜 이럴 거여?"

카시아스와 로베르토는 동료들을 향해 소리쳤지만 아무 소용이 없었다.

"저놈 하나면 된다. 그러니 나서지 마라. 그럼 네놈들 목숨은 건질 것이다."

비트레이는 샤막을 목표로 하고 있었다. 카시아스와 로베르토까지 죽일 생각은 없는 모양이다.

"내 목숨 때문에 친구를 버리라는 건가? 쓰레기들!"

"개소리 하덜 말어!"

카시아스와 로베르토는 분노에 몸을 떨었다. 온몸이 아프고 힘이 빠져간다. 이대로는 셋 다 죽을 수밖에 없었다. 다음 공격은 아마 막기 힘들 것이다.

*   *   *

세르게이의 검 아래 야콥이 죽음을 기다릴 때 카시아스와 로베르토도 점점 의식이 흐릿해지는 샤막의 앞을 막아서며 마지막 공격을 기다리고 있었다.

더 이상 막을 힘도 없었다. 이번 공격에 셋은 목숨을 잃게 될 것이라는 걸 알았다.

콰아아아앙!

그때 워리어스의 대기실 문이 모조리 부서지며 검을 든 무리가 쏟아져 나왔다.

"저 간악한 자들을 처단하라!"

"인간의 목숨으로 더러운 쾌락을 추구하는 쓰레기들을 모두 베어버린다!"

"와아아아아!"

얼핏 봐도 백여 명에 다다르는 자가 뛰쳐나와서는 경기장 주변에 경비를 서던 경비병들을 그대로 베어버렸다. 그들의 검은 빠르고 날카로웠다.

워리어스들의 검처럼 강했다. 그들의 검술과 보법은 그야말로 절정이었다.

백여 명에 이르는 자가 최소한 절정고수들인 것이다. 모두는 예기치 못한 상황에 잠시 싸움을 멈췄다. 저들의 목표가 자신들인지 아닌지 알 수 없었다.

혹시 모를 상황에 대비해 긴장하며 검을 꼭 쥐었다.

빠-빠-빠-빰! 빠-빠-빠-빰!

나팔 소리가 요란하게 울리기 시작했다. 그와 함께 질풍기사단이 모습을 드러냈다. 정체 모를 무리는 질풍기사단을 향해 그대로 돌진했다.

푸화아아악!

순간 시장 일행이 구경 중이던 관람석 앞의 커다란 석상이 환한 빛을 내며 콜로세움을 감쌌다.

"허억!"

"흐윽!"

이때 놀라운 일이 벌어졌다. 워리어스들은 몸 안의 마나 흐름이 거의 멈추다시피 했고, 순간적으로 마나의 흐름이 끊기자 온몸의 힘이 빠져나가며 극심한 고통이 밀려왔다.

이런 증상은 워리어스만이 아니었다. 정체 모를 무리 중 거의 대부분이 같은 증상을 보였다. 기세 좋게 달려들다가는 모두 바닥에 고꾸라진 것이다.

하지만 대여섯 명 정도는 영향을 받지 않았는지 처음의 속도 그대로 질풍기사단을 향해 쇄도했다. 하지만 수적으로 이미 승산 없는 싸움이었다. 대여섯 명으로 수백 명의 기사를 상대하는 건 자살 행위나 다름없었다.

"흩어져라!"

질풍기사단으로 달려들 것 같더니 이내 방향을 바꾸며 제각각 관중석으로 뛰어들었다. 그들은 경비며 시민들을 닥치는 대로 베어버렸다. 그중 한 명은 시장이 있는 관람석으로 몸을 날렸다.

"짐승 같은 놈들! 죽어라!"

"히익! 카, 카르시우스!"

츄아아아악!

어느새 질풍기사단장 카르시우스가 앞을 막아서며 일검에 베어버렸다.

"꺄아아악!"

"살, 살려줘!"

"으아아악!"

관중석은 난리가 났다. 난입한 괴한들에 의해 닥치는 대로 도륙되고 있었다. 워리어스들의 피 튀기는 광경에는 그렇게 열광하던 자들이 제 몸이 갈라지고 피를 뿜자 비명을 지르며 혼비백산했다.

"질풍기사단은 레지스탕스를 제압하라!"

"추우웅!"

질풍기사단이 관중석에 난입한 괴한들을 향해 달려들었고, 수적으로 너무 차이가 큰 탓에 순식간에 제압되었다. 하지만 그 짧은 시간에 시민들은 수십 명이 목숨을 잃었다.

이번 피의 제전은 말 그대로 피범벅이 되어버렸다. 다른 피의 제전과 다른 점은 워리어스 외에 시민들의 피도 섞였다는 점이다.

갑자기 난입한 괴한들에 의해 콜로세움은 난장판이 되었

다. 워리어스들도 더 이상의 싸움은 할 수 없었다. 하고 싶어도 마나가 운용이 되지 않아 가만히 있는 것도 괴로웠기 때문이다.

"크윽! 죽어라!"

이 와중에도 샤막을 죽이려고 세 명의 워리어스가 덤벼들었다. 샤막은 거의 의식을 잃어갔다. 그저 뿌옇게 사람의 형상만 보일 뿐이다.

로베르토는 막으려고 했지만 힘이 들어가지 않고 너무나 괴로웠다. 간신히 몸을 일으키기는 했지만 제 시간에 막기에는 역부족이었다. 이미 워리어스들의 검이 샤막을 찌르기 직전이었다.

그들 역시 힘이 빠지고 괴로웠지만 기를 쓰고 샤막을 죽이려고 혼신을 다했다.

"이 쓰레기 같은 새끼들!"

순간 카시아스가 바람처럼 샤막의 앞을 막아섰다. 모두들 마나가 운용되지 않아 꼼짝도 못하는 상황이었지만 카시아스는 영향을 받지 않는 것 같았다.

츄아아악!

쉬이이잇!

카시아스는 두 명의 워리어스를 그대로 베어버렸다. 이제 남은 건 단 하나.

"허억! 살, 살려줘!"

퍼어어어억!

쿠당탕탕!

카시아스의 발길질에 비트레이는 나가떨어졌다. 몸이 말을 안 들어 일어나기도 힘에 겨웠다.

"샤막! 정신 차려!!"

샤막의 숨이 미약해졌다. 이대로는 곧 죽을 판이다.

"마스터! 마스터! 어서 치유의 돌을!"

카시아스는 대기실 쪽을 향해 소리쳤다.

"흐흑!"

벨포스도 상황은 마찬가지다. 온몸의 기운이 빠지고 고통스러워 움직일 수가 없었다.

스스스슷.

반란이 진압되자 밝게 빛나던 석상의 빛이 사그라졌다.

"후우욱!"

"후욱! 후욱!"

빛이 사라지자 다시금 마나가 이전처럼 운용되기 시작했다. 모두들 가쁜 숨을 몰아쉬며 마나를 빠르게 회전시켰다.

"마스터, 위험합니다. 어서 치유의 돌로 치료해 주십시오."

카시아스는 샤막을 들쳐 업고 대기실로 갔다.

"이게 어떻게 된 일이냐? 왜 우리 워리어스들이 샤막을 공

격한 것이냐?'

벨포스도 샤막이 공격당하는 걸 대기실에서 봤기에 무척 당황하고 있었다.

"어서 치료부터 해주십시오."

"가지고 있지 않다. 가주님께서 가지고 계시다."

벨포스는 곤혹스러운 표정으로 말했다.

"그럼 어서 치료해 달라고 하십시오."

"무슨 수로? 내가 저길 갈 수 있다고 생각하나? 그리고 콜로세움에서는 치유의 돌을 사용할 수가 없다. 어떤 경우에도. 그게 콜로세움의 룰이다."

카시아스는 마음이 급했지만 벨포스도 방법이 없었다. 벨포스 역시 노예였기에 자유롭게 다닐 수가 없는 것이다. 더욱이 지금 샤갈 가주가 참관하고 있는 장소는 이 도시에서 가장 높은 권력자들이 있는 곳이 아닌가. 벨포스는 근처에 가기도 전에 칼을 맞고 죽게 될 것이다.

가뜩이나 괴한의 난입으로 경비대와 기사단이 잔뜩 예민해 있을 텐데 그들을 자극하지 않는 게 좋다.

"그런 말도 안 되는……."

카시아스는 이 황당한 상황에 가슴이 답답했다. 충분히 살릴 수 있는데도 아무것도 할 수가 없었다.

푸우우욱!

"크으윽!"

세르게이는 등을 뚫고 나온 검을 내려다보았다.

츄아아악!

"커어억!"

털썩!

세르게이는 바닥으로 무너져 내렸다. 괴한들의 난입으로 피의 제전이 계속될 것 같지 않았기에 세르게이는 테일러와 야콥을 두고는 돌아섰다. 굳이 죽일 이유가 없었기 때문이다.

하지만 돌아서는 세르게이의 뒤에서 야콥이 검을 찔러 넣었고, 테일러는 함께 베어버린 것이다.

"어차피 다시 붙게 될 텐데 내가 살려면 어쩔 수 없어. 당신이 강하다는 건 인정하지."

"부끄럽지만 어쩔 수가 없었다. 난 살아야 하니까."

야콥과 테일러는 일말의 양심은 있는지 세르게이와 차마 눈을 마주치지는 않았다.

"이런! 설 대협!"

대기실에서 세르게이가 비겁하게 당하는 걸 본 카시아스는 세르게이에게 달려갔다.

"네가 여긴 왜 왔어?"

"뭐하는 거야?"

신참인 카시아스가 세르게이를 감싸자 테일러와 야콥은 황당한 표정으로 한마디씩 했다.

"이 비겁한 놈들!"

카시아스는 테일러와 야콥을 향해 경멸 어린 표정으로 소리쳤다.

"뭐야?"

"신참 놈이 미쳤냐?"

테일러와 야콥은 카시아스와 세르게이의 관계를 모르기에 어이가 없었다.

"둘이서도 패했으면 깨끗하게 승복할 것이지 니들 목숨을 살려준 분에게 비겁한 수를 쓰고도 부끄럽지 않더냐?"

카시아스는 당장에라도 둘을 죽여 버리고 싶었다. 하지만 그럴 수는 없었다. 그럴 능력도 현재로서는 안 됐지만 설령 죽인다 해도 동료를 죽인 죄로 결국 자신도 죽게 되기 때문이다.

"이놈이 피를 보더니 돌았나?"

"흥분한 것 같은데 그냥 가지. 지금 당장 치료하지 않는 한 살아나지는 못할 테니."

"치유의 돌을 사용하지 못할 테니 죽은 목숨이군."

테일러와 야콥은 카시아스가 흥분하는 게 처음 콜로세움

을 경험해 흥분한 탓이라고 단정 지었다. 사실 조금만 생각하면 세르게이 때문이라는 걸 알겠지만 비겁한 수를 썼다는 죄책감과 부담감이 남아 있었기에 애써 무시해 버린 것이다.

어차피 콜로세움에서는 치유의 돌을 사용할 수 없었고, 세르게이는 급소를 찔리고 베였다. 살아날 가능성은 없는 것이다.

"설 대협!"

"강 소협, 이곳에서 만나게 될 줄이야. 참으로 얄궂은 운명이구먼. 쿨럭!"

세르게이는 카시아스를 보자 눈물이 글썽였다. 이곳 세상에서 이전 세상의 사람을 만나게 될 줄은 생각지도 못했다. 그것도 인연이 남달랐던 카시아스가 아닌가.

"설 대협, 어서 콜로세움을 벗어나야 합니다. 그럼 치유의 돌로 치료할 수 있습니다."

"늦었네. 그전에 숨이 끊어질 것이야."

"해봐야지요. 이대로 포기하실 겁니까?"

카시아스는 어떻게든 세르게이를 살리려고 했지만 세르게이는 가망이 없다는 걸 알고 있었다. 살기 위해서는 지금 당장 치유의 돌을 사용해야만 하는데 불가능한 일이다.

콜로세움은 나가고 싶다고 나갈 수 있는 곳이 아니다. 대기실에서 통행 허락이 떨어진 후에 가주의 인솔하에 나갈 수 있다. 대기실에서도 치유의 돌은 사용할 수 없는 것이다.

"강 소협, 부탁 하나 해도 되겠나?"

"말씀하십시오."

세르게이는 자신의 죽음은 받아들이기로 했다. 하지만 단 한 가지 이유 때문에 편이 눈을 감을 수 없었다.

"설련을 찾아주게."

"설련 낭자도 이곳으로 온 것입니까?"

카시아스는 무척 놀랐다. 설하문이 사라지고 딸의 행방도 묘연해서 이상하게 생각했는데 역시 이곳에 함께 끌려왔던 것이다.

"나와 함께 오게 되었네."

"그럼 개미굴에서……."

카시아스는 더 이상 말을 잇지 못했다. 설련은 무인이 아니었고, 개미굴에 있었다면 살아남을 가능성이 없었기 때문이다.

"어디론가 데려가더군. 설련은 살아 있을 것이네. 아니, 살아 있어야 하네. 분명 어딘가에서 내가 구해주기를 기다리고 있을 것이네."

"설 대협……."

세르게이는 설련이 살아 있을 것이라 믿었다. 그녀는 개미굴의 생존법칙에서 벗어났기 때문이다. 하지만 카시아스는 세르게이의 바람일 뿐이라고 생각했다.

"개미굴에서 따로 데려간 걸로 봐서는 분명 살아 있네. 나름대로 알아보니 그런 경우가 있다더군. 오늘 킹 오브 워리어스가 되면 그 아이를 찾으러 가려 했는데…… 쿨럭!"

"제가 찾겠습니다."

세르게이는 피를 한 움큼 토했다. 괴한들의 난입만 없었다면 세르게이는 분명 킹 오브 워리어스가 되었을 것이다. 그렇게 되면 카시아스는 죽었을 테니 운명은 참으로 얄궂다.

"고맙네, 강 소협. 자네와 내 딸이 함께하는 모습을 보고 싶었는데… 결국 이렇게 되었구먼."

"제가 반드시 찾겠습니다."

세르게이는 카시아스의 팔을 꼭 잡았다. 표현하지는 않았지만 설련과 서로 마음이 있었다는 건 세르게이도 눈치채고 있었다. 카시아스가 장군직을 버리고 검에 몰두한 것은 설하문 때문이기도 하지만 설련 때문이기도 했던 것이다.

아마 이곳으로 소환되지 않았다면 설하문은 강철웅의 도전을 받아들였을 테고, 그 이후 설련과 혼인을 하도록 했을 것이다. 카시아스도 과거의 일들이 새록새록 떠오르며 설련이 무척 그리워졌다.

"지금부터 내 말을 명심하게. 절대 비밀로 해야 하네. 정말 믿을 수 있는 사람이 아니라면 절대 말하지 말게. 자네가 힘을 얻기까지는. 절대로!"

"무슨 말씀을 하시려고⋯⋯."

이제 숨이 얼마 남지 않았다. 세르게이는 느끼고 있었다. 마지막으로 카시아스를 위해 해줄 게 있었다.

"오늘 보았듯이 마나는⋯⋯."

세르게이는 이곳 세상에서 살아남기 위한 비밀에 대해 말해주었다. 그건 세르게이가 지난 삼 년간 직접 체험하며 겪은 것이다.

"그, 그게 정말입니까?"

카시아스는 너무나 놀라 입이 벌어졌다. 황당한 이야기였지만 수긍할 수밖에 없었다. 스스로 체험하지 않았던가.

"내가 알기로는 그렇다네. 나는 너무 늦게 알았지."

"명심하겠습니다."

"마지막에 자네를 보게 되니 정말 반갑구먼. 자네를 처음 봤을 때가 생각나는군. 그때 자네는⋯⋯."

세르게이는 이전 세상에서의 일이 하나둘 떠오르기 시작했다. 마치 눈앞에 펼쳐지는 것 같았다.

털썩.

세르게이의 팔이 힘없이 아래로 떨어졌다.

"설 대협! 크흐흐흑!"

카시아스는 입술을 깨물었다. 가슴이 찢어지는 것 같았다. 그렇게나 찾아 헤매던 사람을 겨우 만났는데 이렇게 보낼 수밖에 없다는 게 너무나 괴로웠다.

CHAPTER
05

워리어스라는 칭호

WARRI⊕RS

클라니우스 양성소.

피의 제전에서 벌어진 참극은 비잔티움 시를 발칵 뒤집어
놨다. 레지스탕스의 활동이 이제는 콜로세움에까지 미쳤기
때문이다. 오벨리스크의 발동으로 레지스탕스가 제대로 된
힘을 발휘하지는 못하고 끝났지만 그들 모두가 오벨리스크의
제약을 받는 것은 아니다.

문제는 콜로세움 한복판까지 아무런 제약 없이 들어왔다
는 점이다. 질풍기사단과 시 경비대가 철통같이 지키고 있었
는데도 이런 일이 벌어졌다는 것은 문제의 심각성을 더했다.

시장 아르메니우스와 귀족원 의장 로베니우스는 이번 사태를 공권력에 대한 심각한 도전으로 받아들이고 대책 마련에 부심했다.

한편 샤갈 가주는 이번 사건으로 목숨을 잃은 워리어스로 인해 막심한 손해를 본 것은 물론 동료를 살해하려 한 투견들로 인해 화가 머리끝까지 뻗었다.

간혹 승리를 위해 동료를 희생시키는 경우는 있었고, 그러한 부분은 샤갈 가주도 충분히 이해하고 있다. 아니, 그렇게 해서라도 승리하는 걸 바랐다.

그 때문에 지난 대회나 지지난 대회에서 소환수와 투견 간에 목숨을 빼앗은 경우가 있었지만 문제 삼지 않은 것이다.

하지만 이번은 달랐다.

샤막을 죽이려 한 것은 승리와는 아무런 관련이 없었고, 무엇보다 누군가의 사주를 받았다는 점이다.

샤갈 가주는 눈치가 빠르다. 이번 피의 제전에서 드러난 불합리한 몇몇 일을 포함해 클라니우스 가문에 해를 입히려는 정황을 포착했기 때문이다.

샤막을 공격했던 투견 셋 중 살아남은 비트레이는 양성소에 돌아오자마자 끌려가 호된 심문을 받고 있었다. 심문은 샤갈 가주의 친위대가 직접 담당했다.

치지지지직!

"끄아아아악!"

시뻘겋게 달군 쇠꼬챙이가 비트레이의 허벅지와 가슴을 짓이겼다. 뿌연 연기와 살이 타는 냄새가 자욱했다. 비트레이는 엄청난 고통에 비명을 지르며 괴로워했다.

"누가 시켰느냐? 말하는 게 고통을 더는 길이 될 것이다!"

"꼴 보기가 싫었을 뿐이다. 투견이면서 소환수들과 어울리는 게 보기 싫었을 뿐이다."

비트레이는 샤막을 공격한 이유에 대해서 이야기했다. 그저 감정싸움이었을 뿐이라고 변명했지만 그건 원하는 답이 아니었다. 친위대의 고문은 점차 더해갔다.

부아아앙!

퍼어어억!

"커헉!"

퍽! 퍼퍼퍽!

"크으윽!"

억센 몽둥이가 사정없이 내려쳐졌다. 병신이 되어도 관계없다. 죽지만 않으면 되는 것이다.

가장 아프고 고통스러운 부위마다 내리꽂히는 몽둥이찜질은 비트레이의 혼마저 빼놓을 것 같았다.

콜로세움에서 양성소에 도착하자마자 두 시간이 지난 지금까지 비트레이에 대한 심문은 쉼없이 계속되었다.

"어차피 말하게 될 것이다. 시간을 끌어봐야 네놈 몸뚱이만 축나지. 결국은 불게 되어 있어."

치지지지직!

"아아아악!"

다시금 시뻘겋게 달궈진 쇠꼬챙이가 전신을 짓이겼다. 몽둥이찜질과 지짐을 반복하며 친위대는 같은 질문을 계속했다. 하지만 비트레이의 대답도 한결같았다.

정말 샤막이 싫어서 죽이려 한 것인지 아니면 누군가의 사주를 받은 것인지는 알 수 없었다.

중요한 건 누군가의 사주를 받았다는 걸 발설하는 순간 비트레이는 돌아올 수 없는 강을 건너게 되는 것이다. 그걸 알기에 모진 고문 속에서도 비트레이는 버틸 수밖에 없었다.

샤갈 집무실.

"발카스!"

"부르셨습니까?"

친위대장 발카스가 시립했다. 무척 긴장한 모습이다. 지금 샤갈의 상태가 언제 터질지 모를 만큼 위험했기 때문이다.

"입을 열었나?"

샤갈의 목소리는 나지막했지만 그의 감정이 그대로 묻어나왔다. 말로 사람을 죽일 수 있다면 딱 이런 목소리일 것이다. 그만큼 샤갈은 분노하고 있었다.

피의 제전에서 이루어진 말도 안 되는 대진 구성과 갈라파고스 가문에 잃은 워리어스들, 거기에 샤막을 죽이려고 고용된 세 명의 투견. 이 모든 게 우연일 리는 없었다.

샤갈은 그렇게 확신했다.

"아직 버티고 있습니다만 곧 불게 될 것입니다."

"누가 시켰는지, 이유가 뭔지 하나도 빠짐없이 알아내도록. 분명 우리 가문을 위태롭게 만들려는 자가 있을 것이다."

"반드시 알아내겠습니다."

샤갈은 이미 답을 정해놓은 상태다. 그 답에 걸맞은 대답을 원할 뿐이었다.

"어차피 살려둘 놈이 아니니 무슨 수단이든 쓰도록."

"그럼 드래곤 피어를 사용해도 되겠습니까?"

"드래곤 피어라……. 딱 좋군. 사용하도록."

"알겠습니다."

샤갈의 입고리가 살짝 올라갔다. 보통 사람도 아니고 목숨을 건 사투를 해온 워리어스라면 웬만한 고문쯤은 충분히 견딜 것이다. 버티기만 하면 살아날 수 있다고 믿기 때문이다.

어떤 부상에도 살아날 수 있는 치유의 돌 덕분이다.

고통쯤은 목숨을 잃는 것에 비하면 아무것도 아니다. 하지만 드래곤 피어라면 다르다.

그 어떤 워리어스라도, 아니, 그 어떤 존재라도 절대로 참을 수 없는 극한의 고통.

　그러한 고통을 가져오는 게 일명 드래곤 피어라 불리는 고문 도구였다. 드래곤 피어의 고통을 이겨낸 사람은 발렌티아 대륙의 역사를 통틀어 단 한 명도 없었다.

　"크으으으!"

　비트레이는 만신창이가 되었다. 살아 있는 게 신기할 만큼 온몸은 엉망이 되었고, 성한 곳이 없었다. 불에 짓이겨져 문드러진 살가죽은 녹아내려 붙었고, 팔다리며 늑골은 부러져 형태가 기이했다.

　그 와중에도 고문은 계속되었다.

　"아직도 버틸 생각이냐? 괜한 고통을 당하느니 솔직하게 말하는 게 좋을 텐데?"

　두 시간이 넘게 쉬지 않고 고문을 했던 친위대원도 비트레이의 독함에는 진저리가 난 모양이다. 어차피 원하는 답이 나올 때까지 고통은 멈추지 않기 때문이다.

　"같은 말을 몇 번이나 묻는 거야? 난 그 새끼가 꼴 보기 싫었을 뿐이란 말야!"

　비트레이는 악을 썼다. 이제는 더 버틸 기력도 없었다. 몸이 죽어가고 있었고, 정신마저 점점 혼미해지고 있었다.

"이 새끼가!"

퍽! 퍼퍽!

"크윽!"

친위대의 매질이 다시 시작되었다. 이미 부러져 기이한 형태로 꺾여 있는 뼈가 다시금 방향을 바꾸며 틀어졌다. 온몸은 피 칠을 했고, 피가 타서 엉겨 붙었다.

철컹!

"아직인가?"

이때 철문이 열리며 친위대장 발카스가 들어왔다.

"대장님, 이놈 참 질깁니다."

친위대원은 혀를 내두르며 고개를 저었다. 지금껏 이만큼 고문을 해본 일도 없지만 이렇게까지 고문을 하는데도 버티는 게 신기할 정도다.

"투견이 아니냐. 그 정도는 보통이지."

발카스는 대수롭지 않은 반응이다. 어차피 투견들은 사형수들이 아닌가.

생전에 온갖 지독한 짓은 다 하고 다녔고, 그러다 사형까지 선고받아 죽음 직전까지 갔던 자들이다. 보통 사람들하고 같은 기준으로 생각하면 안 되는 것이다.

더욱이 워리어스로서 훈련 받으며 목숨을 건 사투에서 지금껏 살아남은 자들이니 지독함으로 치자면 따라갈 자가 없는 존재가 바로 워리어스였다.

"조금만 기다려 주십시오. 반드시 이놈의 입을 열겠습니다."

"가주님께서 몹시 화가 나셨다. 더 이상 시간을 끌 수가 없다."

"하지만 이놈이 독종이라서……."

친위대원은 의욕은 앞섰지만 막상 결과물을 내놓을 수는 없었다. 이렇게 계속해서 과연 입을 열지도 자신할 수 없었지만 무엇보다 언제까지 해야 되는지도 알 수 없었기 때문이다.

"이걸 사용하면 될 것이다."

"이, 이것은……."

발카스는 상자 안에서 무언가를 꺼내 들었다. 그것은 금빛이었고, 머리카락보다 가느다란 두께의 기다란 바늘이었다. 친위대원은 상자 안의 물건을 보고는 딱딱하게 굳었다.

그것이 무엇인지는 곧바로 알 수 있었다. 다만 직접 본 것은 이번이 처음이다.

하지만 드래곤 피어의 무서움에 대해서는 익히 알고 있었다. 차라리 죽을지언정 절대로 경험하고 싶지 않은, 그야말로 생지옥을 경험하게 될 악마와도 같은 물건이기 때문이다.

"자네도 알겠지만 이건 드래곤 피어다. 아무리 독종이라고 해도 버틸 수가 없지."

발카스는 자신했다.

"하지만 이걸 사용하면 이놈은……."

"어차피 살아 나갈 수 없는 놈이다."

"이놈아, 이게 뭔지 아느냐? 너도 투견이니 들어봤을 것이다. 드래곤 피어가 어떤 것인지."

친위대는 비트레이의 머리칼을 움켜쥐고는 드래곤 피어를 향해 고개를 돌렸다.

"드, 드래곤 피어……."

비트레이의 얼굴 표정이 미세하게 떨렸다. 티를 내지 않으려고 했지만 절로 엄습해 오는 공포는 몸을 반응하게 만들었다.

투견들은 이 세상의 사람들이고, 드래곤 피어에 대해서 잘 알고 있었다. 물론 본 일은 없지만 그것이 어떻게 쓰이고 어떤 고통을 가져오는지 잘 알고 있다.

드래곤 피어는 구하기도 어려운 물건이지만 함부로 사용할 수도 없는 물건이다.

드래곤 피어가 사용되는 곳은 주로 황궁이었고, 반역죄와 관련해 심문할 때 쓰이는 대표적인 도구였다.

"지금이라도 말해라. 그럼 고통 없이 죽여주마."

친위대원은 마지막으로 자비를 베풀었다. 어차피 드래곤 피어에는 항복할 수밖에 없다. 기왕 털어놓을 거라면 괜히 지옥을 경험할 필요가 없지 않은가.

"정, 정말 그 새끼가 재수없어서 죽이려고 했을 뿐이오. 믿어주시오. 정말이오."

비트레인은 여전히 같은 말을 되풀이했다. 하지만 목소리는 이미 심하게 떨고 있었다.

"네 말이 사실인지 아닌지는 곧 밝혀지겠지. 시작해라."

"예."

발카스의 명령에 친위대원은 상자에서 드래곤 피어를 꺼내 들었다. 날카로운 광채가 스치고 지나갔다.

"미, 믿어주십시오! 진짭니다! 제발!"

비트레이는 다급했는지 악을 쓰며 애원했다.

"이 바늘은 여기 네놈 무릎부터 시작할 것이다. 무릎의 신경을 비집고 들어가 연골을 뚫고 허벅지를 지나 낭심을 지나가겠지. 그 고통은 죽은 사람도 벌떡 일어날 정도라고 하지. 살아난다고 해도 평생 하체를 쓸 수 없고 남자 기능까지 상실하게 된다."

발카스는 드래곤 피어가 박히게 될 부위에 대해서 일일이 짚어주며 설명했다. 머리카락보다 얇은 바늘이 살을 뚫고 뼈를 뚫고 신경을 헤집으며 가장 민감한 부위를 향해 파고드는 것이다.

발카스의 차분한 설명은 마치 악마의 속삭임 같았고, 비트레이는 벌써 기절할 만큼 혼이 나가 버렸다.

"물론 네놈이 살아날 가능성은 없다. 그리고… 드래곤 피어가 몸속을 파고드는 순간 삶의 미련 따위도 사라지지. 오직 빨리 죽고 싶다는 마음만이 남게 된다. 네놈도 이 세상 사람이니 내가 말하지 않아도 충분히 알겠지만."

발카스의 거듭되는 설명은 친절했지만 그 내용은 섬뜩했다. 차라리 악을 쓰고 위협을 하는 게 나았다. 비트레이에게는 발카스의 차분한 음성이 더욱 공포스럽게 다가왔다.

"제, 제발……."

비트레이는 떨리는 목소리로 애원했다. 몽둥이로 뼈를 부수고 불로 지지는 고통에도 꿋꿋하게 버틴 것과는 달리 아직 시작도 안 했는데 오줌까지 지려 버렸다.

끄덕.

"말하고 싶은 게 있으면 언제든 말해라. 그것만이 네놈의 고통을 줄이는 길일 테니까."

발카스가 고개를 끄덕이자 친위대원은 드래곤 피어의 끝을 잡고는 서서히 무릎으로 향했다.

찌지지지직!

"끄아아아악!"

살이 찢어지는 듯한 소리와 함께 비트레이의 비명이 동시에 터져 나왔다. 얇디얇은 바늘은 너무도 쉽게 속살을 파고들었고, 그 소리는 듣기에도 끔찍했다.

살을 파고든 바늘은 이어 무릎 연골을 헤집기 시작했다. 비트레이는 눈이 뒤집히며 발악을 했지만 고통은 더욱 거세졌다.

"천천히! 더 깊이 찔러라! 최대한 고통스럽게!"

"예, 대장님."

발카스는 가장 고통스러운 방법으로 주문했다. 친위대원의 손놀림이 더욱 세밀해졌다.

뚜두두둑!

"끄아아아아!"

뼈가 야금야금 뚫리는 소리는 심장마저 오그라들게 만들었다. 비트레이는 이미 이성이 저만치 날아갈 만큼 정신을 차릴 수 없었다. 태어나서 난생처음 겪어보는 끔찍한 고통.

불로 지지는 고통쯤은 그저 따뜻한 물에 몸을 담그고 피로를 푸는 정도일 것이다.

드래곤 피어의 고통은 상상을 초월했다. 이제 무릎 연골을 지났을 뿐인데 마치 억만년의 세월이 흐른 것처럼 느껴졌다.

"제, 제발 죽여줘! 끄어어어!"

비트레이는 혀라도 깨물고 싶었지만 몸은 뜻대로 움직이지 않았다. 이제는 말도 제대로 나오지 않았다. 너무나 끔찍한 고통에 몸이 마비되고 있었다.

하지만 신경은 더욱 예민해졌다. 그만큼 드래곤 피어로 인한 고통도 배가되었다.

"죽고 싶으면 말해라! 누구의 사주냐?"

찌지지직!

뚜두두둑!

살이 찢어지고 뼈가 뚫리는 끔찍한 소리는 듣는 것만으로도 오싹하게 만들 정도였다. 드래곤 피어가 무릎을 지나 허벅지를 파고들기 시작했다.

"끄어어어억! 오, 오로……."

비트레이는 자지러지는 비명과 함께 무언가를 말하려고 했지만 이미 혀도 굳어가는지 제대로 발음이 되질 않았다.

"뭐라? 분명히 말해라!"

"오로… 오로도스… 끄으으으……."

비트레이는 온 힘을 다해 오로도스라는 이름을 외쳤다. 혀가 굳어 말하기도 어려웠지만 이 고통을 멈추려면 해야만 했다.

"멈춰라!"

"예, 대장님."

드래곤 피어가 서서히 빠져나왔다. 드래고 피어가 빠져나온 부위에는 눈으로 찾기도 힘들 만큼의 작은 구멍만 나 있어 외관상으로는 별다른 티가 나지 않았다.

드래곤 피어는 내부를 망가뜨리는 물건이기 때문이다.

"방금 오로도스라고 했느냐?"

"그, 그렇습니다."

비트레이는 연신 고개를 끄덕였다. 이제는 아무것도 생각하고 싶지 않았다. 그저 고통없이 죽기만을 바랐다.

"오로도스 가문이냐?"

"맞, 맞습니다."

"오로도스 가문에서 그깟 신참을 죽이려고 네게 사주했다? 이놈이 맛을 덜 봤군. 더 깊이 찔러라!"

"예."

발카스의 표정이 사나워졌다. 기껏 나온 이름이 너무나 터무니없었기 때문이다. 발카스는 친위대원에게 다시금 명을 내렸다. 기다렸다는 듯이 드래곤 피어가 다시금 무릎 사이를 헤집었다.

뚜두두둑!

"끄아아아아아! 맞, 맞습니다. 오로도스 가문의 집사 컨스피러스가 지시한 것입니다! 제, 제발……!"

비트레이는 정신없이 외쳤다. 이제는 말을 해도 믿지 않으니 죽을 노릇이다.

"오로도스 가문에서 왜 신참 따위를 죽이려 하겠느냐? 그 이유를 납득시키지 못하면 네놈은 계속해서 지옥을 경험하게 될 것이다."

발카스는 더욱 집요하게 묻기 시작했다. 비잔티움에서 워리어스를 양성하는 양대 가문인 오로도스 가문에 책임을 묻기 위해서는 적어도 납득할 만한 근거가 필요한 것이다.

"저도 잘은 모릅니다. 다만 로비우스와 관련이 있다는 것만 압니다. 자세한 내용은 저도 모릅니다."

비트레이는 열심히 기억을 더듬으며 아는 걸 모조리 말했다. 하지만 고작 투견에게 자세한 이유를 말할 리가 없다. 그나마 로비우스라는 이름을 들었다는 것이 비트레이에게는 커다란 행운이었다.

아니었다면 사실을 말하고서도 끝없는 고통에 시달렸을 것이다.

"로비우스? 으음."

로비우스라는 이름이 나오자 발카스의 표정도 변했다. 샤막과 로비우스의 사연을 알기 때문이다.

"아는 건 모두 말했습니다. 제발!"

비트레이는 처절하게 애원했다. 이제는 아무런 욕심도 미련도 없었다. 제발 이 고통에서 벗어나는 게 유일한 소망이었다.

"네놈은 무슨 대가를 받고 그 일을 하려 했느냐? 어차피 네놈은 이곳에서 나갈 수 없을 텐데."

"가, 가족에게 보상해 준다는 약속을……. 제 처와 일곱 살난 딸이 있습니다. 그게 대가였습니다."

비트레이는 사실대로 털어놓았다. 소환수라면 몰라도 투견은 이 세상 사람이었고 그의 가족이나 친구들이 존재한다. 그 때문에 투견은 적절한 대가를 주어 이런 식으로 이용할 수도 있었다.

심지어는 콜로세움에서의 승부를 조작하기 위해 투견을 사주하는 경우도 종종 있었는데 클라니우스 가문에서 이런 일이 발생한 건 이번이 처음이었다.

"네 말이 사실이어야 할 것이다. 그렇지 않으면 네 가족에게도 화가 미칠 테니."

"사실입니다. 믿어주십시오."

"허튼짓 못하도록 잘 감시해라. 난 가주님께 보고 드리겠다."

"예, 대장님."

발카스는 모든 정보를 얻고는 곧장 샤갈의 집무실로 향했다. 그의 표정은 꽤나 무거워 보였다. 자칫 경쟁 가문인 오로도스 가문과 전쟁을 치르게 될지도 몰랐기 때문이다.

똑똑.

"가주님, 놈이 입을 열었습니다."

"뭐라더냐?"

샤갈의 눈매가 날카로워졌다.

"오로도스 가문의 집사 컨스피러스가 사주했다고 합니다."

"오로도스 가문에서? 으음. 그렇지 않아도 막시무스 그자에게 따질 것이 있었는데. 처음부터 날 물 먹이려고 그랬단 말이지? 이 찢어죽일 놈이!"

오로도스 가문과 관련이 있다는 말에 샤갈의 얼굴은 무섭게 변했다. 샤막을 제거하려는 일이 아니라 해도 이번 피의 제전에서 클라니우스 가문에 일방적으로 불리한 대진표를 작성한 막시무스에게 꽤나 감정이 깊었기 때문이다.

그런데 샤막과 관련된 일까지도 막시무스와 관련이 있었으니 샤갈의 분노는 극에 달했다.

"오로도스 가문에서 가주님을 제치고 기반을 좀 더 확실히 다지려는 것 같습니다."

"이유는 물었느냐? 대가는 뭘 받았다고 하느냐?"

"로비우스와 관련되었다고 합니다. 그리고 대가는 가족에게 보상하는 것이라고 합니다."

"흥! 내가 직접 보겠다. 안내해라."

"예, 가주님."

샤갈은 일어나서는 비트레이를 고문하는 곳으로 향했다.

철컹!

"헛! 가주님께서 이곳까지 오시다니……."

샤갈이 직접 오자 친위대원은 무척 놀랐다.

"오로도스 가문이 확실하더냐?"

"그, 그렇습니다요."

샤갈의 눈빛은 그야말로 살기로 이글거렸다.

"그래서 네놈은 내 워리어스임에도 불구하고 그놈의 지시를 따른 것이고?"

"죽을죄를 지었습니다."

샤갈의 물음에 비트레이는 다 죽어가는 목소리로 용서를 빌었다. 어차피 살 가능성은 없었지만 샤갈을 마주하는 것만으로도 주눅이 들게 마련이다.

"더 말할 게 남았느냐?"

"제가 아는 건 모두 말씀드렸습니다요. 제발! 자비를!"

비트레이는 떨리는 목소리로 애원했다. 샤갈에게서 풍겨지는 느낌은 목숨을 건 사투를 해온 워리어스라면 곧바로 알아차릴 수 있는 것이다. 바로 살기.

비트레이는 샤갈이 얼마나 분노하고 있는지 알 수 있었다.

"죽을죄를 지었다면 죽어야지. 그걸 사용해라!"

"드래곤 피어를 말씀입니까?"

친위대원이 화들짝 놀라며 물었다.

"그래. 내가 보는 앞에서."

"예, 가주님."

친위대원은 드래곤 피어를 꺼내서는 무릎에 서서히 찔러 넣었다.

찌지지직!

"끄아아아아! 제, 제발……."

비트레이는 자지러지는 비명을 지르며 애원했지만 샤갈의 분노를 삭일 수는 없었다.

클라니우스 가문은 대를 이어 워리어스를 양성해 오는 가문이었고, 샤갈은 워리어스에 대한 자부심이 강한 인물이다.

자신이 키운 워리어스가 자신을 배신했다는 건 샤갈에게는 막시무스에게 뒤통수를 맞은 것만큼이나 모욕이고 굴욕이다.

종종 투견들이 대가를 받고 몰래 일해주는 경우가 있다는 건 알지만 클라니우스 가문에서 그런 일이 있어서는 안 되는 것이다. 그건 샤갈의 명예를 떨어뜨리는 일이다.

샤갈은 막시무스의 일을 떠나서 비트레이에 대한 분노만으로도 이미 폭발하기 직전이었다.

"네놈이 대가로 가족에 대한 보상을 약속받았으니 나도 약속하마. 네놈의 가족들은 모두 노예로 팔려가게 될 것이다."

샤갈은 자신을 배신한 비트레이에게 똑같은 대가를 치르
도록 했다. 배신의 대가로 가족이 이득을 보았다면 그 가족에
게 죄를 묻겠다는 의미다.

"제, 제발… 끄으으으으!"

비트레이는 눈물을 흘리며 애걸했지만 샤갈의 마음을 움
직일 수는 없었다. 허벅지까지 파고드는 드래곤 피어의 고통
과 앞으로 남은 가족들이 받아야 할 고통을 생각하면 비트레
이는 죽어서도 편히 눈을 감지 못하리라.

"이놈을 훈련장에 매달아라!"

"예, 가주님."

*   *   *

콜로세움에서 돌아온 후 워리어스들은 각자의 숙소에 들
어가 일체 출입이 금지되었다. 감금된 것이나 다름없었다.

비트레이의 심문이 계속되는 동안 그들은 쥐 죽은 듯이 샤
갈의 처분을 기다리고 있었다.

이곳에 도착한 지 세 시간여가 흘렀을 때 샤갈의 명으로 워
리어스들은 훈련장으로 집합했다. 그곳에는 차마 눈뜨고 볼
수 없을 만큼 처참하게 망가진 비트레이가 손발이 묶인 채 매
달려 있었다.

"이놈은 동료를 죽이려 한 놈이다! 감히 클라니우스라는 이름을 내세워 그딴 짓을 하다니!"

샤갈은 분노에 찬 목소리로 워리어스들을 향해 외쳤다. 비트레이가 샤막을 죽이려고 했던 이유에 대해서 낱낱이 이야기했다. 사정을 몰랐던 워리어스들은 크게 동요했다.

설마 대가를 받고 그런 짓을 저질렀을 줄은 전혀 생각지 못한 것이다. 왜 비트레이와 다른 투견들이 그런 미친 짓을 했는지 궁금했던 워리어스들의 얼굴이 험악하게 일그러졌다.

적어도 목숨을 걸고 함께 싸워온 동료를 재물 때문에 죽이는 건 용납할 수 없었다.

"오로도스 가문의 사주를 받은 놈이 있다면 지금 나서라. 용서할 것이다. 만일 나중에 들통 나게 된다면 상상조차 하기 힘든 고통을 받게 될 것이다. 더불어 투견들은 가족들까지 그 화가 미치게 될 것이다. 지금 나서라."

샤갈은 혹시 모를 또 다른 불상사를 생각해 이참에 모두 뿌리 뽑기로 했다. 말은 용서한다고 했지만 살려줄 샤갈이 아니다. 여기서 나서는 건 자살하는 것이나 다름없는 일이다.

워리어스들은 서로의 눈치만 볼 뿐 아무도 나서지 않았다.

"아무도 없느냐?"

샤갈은 다시 물었지만 워리어스들은 묵묵부답이었다.

"마스터 벨포스!"

"예, 가주님!"

샤갈의 부름에 벨포스는 잔뜩 긴장한 채 굳은 얼굴로 섰다. 이번 일에 대해 어떻게든 책임을 지게 될 것이라는 걸 알기 때문이다.

"워리어스를 단속하지 못한 건 네 책임이 크다."

"어떤 벌이든 달게 받겠습니다."

벨포스는 한쪽 무릎을 꿇고는 샤갈의 명을 기다렸다. 워리어스를 제대로 관리하지 못한 데 대한 죄책감도 있었고, 샤갈의 성격을 잘 알기에 처벌을 피할 수 없다고 생각한 것이다.

"생각 같아서는 네 모든 권리를 박탈하고 싶었지만 이놈이 저지른 짓은 오로도스 가문의 사주로 인한 것. 네 책임만을 물을 수는 없어 이번은 넘어갈 것이다. 하지만 차후에 또 이런 일이 일어났을 때에는 엄히 그 책임을 물을 것이다."

샤갈은 다행히 한 번의 기회를 더 주었다. 아마 오로도스 가문과 관련이 없었다면 아무리 클라니우스 가문에 공헌을 많이 한 벨포스라고 해도 예외없이 처벌을 받았을 것이다.

벨포스로서는 오로도스 가문이 엮인 게 오히려 다행스러운 일인지도 몰랐다.

"다시는 이와 같은 일이 벌어지지 않도록 하겠습니다."

벨포스는 가슴을 쓸어내리며 안도했다.

"네가 키웠으니 직접 끝을 내라!"

"예, 가주님. 기회를 주셔서 감사합니다."

채애애앵!

벨포스는 직접 검을 뽑아 들었다. 클라니우스 가문 내에서는 친위대 외에는 진검을 만질 수 없다. 훈련장에서도 마찬가지다. 심지어 벨포스조차 진검을 잡을 수 없었다.

만일의 위험을 대비하기 위함이다. 하지만 이번만큼은 예외였다. 배신자를 처단하기 위해 벨포스의 검이 하늘을 향했다.

"네놈이 아무리 재물에 눈이 멀었기로 동료를 배반하고 클라니우스 가문의 명예를 더럽히다니 그 목숨으로 책임을 묻겠다!"

벨포스는 성난 목소리로 외쳤다. 자칫 이곳의 워리어스가 몰살을 당할 뻔하지 않았는가. 벨포스는 비트레이를 용서할 수 없었다. 샤갈의 성격이라면 충분히 그러고도 남을 위인이었기 때문이다.

"제, 제발… 가족만은……."

비트레이는 샤갈을 향해 애걸했다. 어차피 자신은 죽을 목숨. 남은 가족들에게 해가 가지 않기만을 바랐다.

"네놈 가족은 모두 노예로 팔리게 될 것이다. 그들이 가장 힘들고 고통 받는 곳으로 보내지도록 직접 손을 쓸 것이다. 그 점 똑똑히 알고 죽거라!"

비트레이의 마지막 바람을 비웃으며 샤갈은 앞으로 비트레이의 가족이 받게 될 고통에 대해서 조목조목 이야기해 주었다. 샤갈의 성격으로 보아 분명 실행할 것이다.

"제, 제발……."

비트레이의 가슴이 무너져 내렸다. 한 번의 선택으로 자신은 물론 가족까지도 지옥의 구렁텅이에 빠지게 된 것이다.

"끝을 내라!"

슈가가가각!

푸화아아악!

마스터 벨포스의 검이 목을 가르고 지나갔다. 붉은 피가 사방으로 뿜어졌다.

데구르르르.

비트레이의 목이 바닥으로 굴렀다. 그의 눈은 부릅떠진 채였다. 마지막 죽는 순간까지도 가족이 받게 될 고통에 차마 눈을 감지 못했으리라. 한순간의 선택으로 자신은 물론 가족의 인생까지도 나락으로 떨어지게 되었다.

"이번 피의 제전은 엉망으로 끝이 났지만 마지막 결승전까지의 시합 내용은 충분히 만족할 만했다. 카시아스! 샤막! 로베르토! 앞으로 나오도록!"

척척척!

카시아스를 비롯한 신참들이 앞으로 나왔다.

배신자의 처단이 끝나자 샤갈은 이번 피의 제전에 대해서 자평했다. 비록 불리한 대진이었지만 자신의 워리어스들은 충분히 잘 싸워주었기 때문이다.

"이제 이들은 신참의 딱지를 떼어내고 당당한 워리어스로서 다시 태어났다. 명예로운 칭호를 얻은 만큼 특별히 삼 일간의 자유를 허락한다. 단, 나머지는 오늘 하루의 자유를 금한다. 너희들은 동료를 배신하고 죽이려 했다. 그것도 내 자리를 넘보고 있는 오로도스 가문을 위해서. 너희들의 목숨을 연장해 주는 것만으로도 감사해야 할 것이다. 알겠느냐?"

샤갈은 비록 세 명의 투견이 매수되어 해서는 안 될 짓을 벌였지만 그 책임은 하루의 자유를 금하는 것으로 매듭지었다.

워리어스들에게 특별 자유는 무엇과도 바꿀 수 없는 귀한 시간이었고, 그 정도 선에서 반성할 시간을 갖게 하기 위함이었다.

삼 일간의 자유를 전부 금하지 않은 건 오늘 새로운 워리어스가 탄생한 덕분이다.

이제 카시아스와 샤막, 그리고 로베르토는 신참이 아닌 동등한 워리어스가 된 것이다.

"클라니우스 가문을 위하여!"

"클라니우스 가문을 위하여!"

워리어스들은 클라니우스 가문을 외치며 샤갈의 자비로움에 감사했다.

"마스터 벨포스, 새로이 워리어스가 된 저들에게 필요한 규율을 설명해 주고 집무실로 오도록!"

"예, 가주님."

샤갈은 이번 사건을 확실히 마무리하고는 돌아섰다. 처벌의 범위가 당사자인 비트레이 하나만으로 끝난 건 워리어스들에게는 그야말로 다행스러운 일이었다.

"이제 이들은 우리의 동료로서 부족함이 없다. 목숨을 건 콜로세움의 사투에서 살아 돌아왔기 때문이다. 이제 신참이 아닌 워리어스로서 우리와 함께할 것이다. 수고했다. 그리고 명예로운 칭호를 얻게 된 점 축하한다."

벨포스는 워리어스들에게 카시아스를 비롯한 신참들이 동료가 되었음을 선포했다. 이제 이들에게도 발언권이 생겼고, 다른 워리어스들과 동등한 대우를 받을 권리가 생겼다.

설령 다툼이 생긴다 해도 일방적으로 당해야 하는 입장이 아닌 무언가를 요구할 수도 있는 위치에 올라선 것이다.

"감사합니다."

"고맙구만요."

"감사드립니다."

비록 원하는 명예는 아니었지만 살아 돌아온 것에 모두는 감사했다. 이들은 워리어스라는 칭호에 거창한 명예를 부여하지는 않았다. 하지만 티를 내지도 않았다.

"자! 동료가 된 걸 축하해 주자!"

"우아아아아아!"

"축하한다!"

"축하해!"

"잘해보자고!"

그렇게나 무시했던 워리어스들이 반갑게 맞아주었다. 언제나 적대적이었고 깔보던 워리어스들이 마치 다른 사람이 된 것 같았다.

비록 워리어스로 살아가는 자체를 내키지 않아했던 카시아스와 동료들이지만 이 순간만큼은 뭔가 마음 한구석이 뭉클했다.

목숨을 함께하는 동료애가 느껴진 것이다.

"샤막, 몸은 좀 어때?"

"괜찮아. 역시 치유의 돌이야. 팔다리가 잘리지 않은 이상 말짱하게 회복되니까."

샤막은 팔을 빙빙 돌리며 건재함을 과시했다. 거의 죽기 직전까지 간 걸 간신히 구한 것이다. 카시아스가 아니었다면 샤막은 절대로 살아남지 못했을 것이다.

카시아스는 비트레이 외의 두 명의 투견을 베어버렸고, 그 덕분에 목숨을 건졌다.

샤갈을 비롯해 워리어스들은 카시아스가 투견을 베어버린 것에 대해서는 누구도 탓하지 않았다. 오히려 사주를 받고 동료를 죽이려 한 투견들을 벤 것으로 인해 카시아스는 강한 인상을 남겼다.

샤갈은 물론 다른 워리어스들 역시 카시아스에 대해 강렬한 기억이 남게 되었다.

"생각할수록 대단한 물건이다."

"마법이란 게 참 대단하구마이. 신의 조화가 아니고서야 워떻게 다 죽은 사람을 살리느냔 말이여."

치유의 돌의 효능은 겪을수록 대단했다. 이전 세상에서는 상상도 할 수 없는 물건이 아닌가.

그건 신의 권능이나 다름없었다. 치유의 돌이 아니었다면 샤막은 살아서 돌아올 수 없었을 것이다.

"그나저나 앞으로 분위기가 어떻게 될지 걱정이다."

"투견들은 어때?"

"다들 위축되어 있지. 마스터는 물론 가주까지 알게 되었는데 오죽하겠어. 정말 살아 있는 게 행운인 거지."

카시아스의 물음에 샤막의 표정은 좋지 않았다. 비록 카시아스나 로베르토와 같은 소환수와 친구가 되었지만 샤막 역시 이곳 세상의 사람이고 투견들에게서는 왠지 모를 동질감을 느끼고 있었다.

비록 그들은 사형수들이지만 이곳에서 사형선고를 받는 게 반드시 흉악범만은 아니다.

권력자에게 잘못 보이거나 로비우스 같은 힘 있는 재력가에게 밉보여 오게 된 자들도 많다.

같은 땅에서 나고 자란 만큼 소환수보다는 이들과 더 많은 공감대를 가지고 있는 게 당연했다.

지금 투견들은 그야말로 샤갈과 소환수들의 눈치를 보는 실정이다. 이전 대회 때라면 큰소리칠 명분이 있었지만 이번 사건만큼은 변명의 여지가 없었기 때문이다.

"이번 일이 오로도스 가문의 소행이라니, 참. 그럼 지난번의 일들도 관련이 있는 건가?"

"그건 모르겠다. 하지만 돌아가는 분위기로는 아닌 것 같아. 아마도 이기기 위해 누군가를 희생시켜야 하는 상황이었던 것 같은데 소환수와 투견 간에 감정이 상한 것 같아. 물론 이번은 오로도스 가문에서 어떤 이유로 시킨 것이지만."

"대체 왜 널 죽이려고 한 것인지……."

카시아스는 계속 고민해 봤지만 답을 찾을 수 없었다. 샤막은 신참이고 워리어스들에게 특별히 원한 질 만한 행동을 하지도 않았다. 무엇보다 오로도스 가문과는 전혀 엮여 있는 부분이 없었기 때문이다.

"그보다 세르게이와는 아는 사이라며? 괜찮겠어?"

"아니. 괜찮지 않아."

샤막의 물음에 카시아스의 표정은 급격히 어두워졌다. 그렇게나 찾아다니던 설하문이 이곳에서 최강의 워리어스 세르게이로 살고 있을 줄 어찌 알았겠는가.

비록 목숨을 건 사투를 벌여야 할 운명이었지만 카시아스는 많은 걸 묻고 싶었다.

아니, 레지스탕스의 공격으로 피의 제전 마지막 무대는 중단되었고, 둘 다 살 수 있는 길이 열렸다.

하지만 테일러와 야콥의 비겁한 공격으로 세르게이는 결국 목숨을 잃게 되었다.

카시아스는 분노했다. 샤막을 구하느라 세르게이가 위험한 순간을 미처 보지 못한 것이다.

카시아스가 봤을 때는 세르게이는 이미 죽어가는 상태였다. 카시아스가 달려갔지만 이미 늦었다. 치유의 돌로 바로 치료했다면 살 수 있었겠지만 레지스탕스와 질풍기사단의 격돌로 콜로세움은 아수라장이 되었고, 콜로세움 밖으로 나갈 때까지 버틸 수 없는 상처였다.

세르게이는 죽기 직전 카시아스에게 몇 가지 이야기를 해주었고, 나서지 말라며 당부했다.

결국 세르게이의 숨이 끊어졌고, 카시아스는 죽은 듯 바닥에 엎드려야 했다. 다른 워리어스들이 그랬던 것처럼.

"하지만 테일러와 야콥은 여기 리더들이야. 그들과 싸우는 건 승산이 없어. 그리고 이번 일도 있고 해서 동료 간에 싸우기라도 한다면 어떤 처벌을 받게 될지 생각도 하기 싫다."

샤막은 카시아스가 세르게이의 복수를 위해 테일러나 야콥에게 달려들지나 않을지 걱정스러웠다. 지금 샤갈의 상태로 본다면 카시아스는 곧바로 목이 달아날 것이다.

"그들에게 복수하지는 않아. 어차피 피의 제전이었고 비겁한 수를 쓰긴 했어도 그곳에 선다는 자체는 사느냐 죽느냐의 두 가지 길뿐이었으니까."

샤막의 걱정과는 달리 카시아스는 테일러와 야콥을 향한 원한은 없는 듯했다. 마치 갈라파고스 가문의 워리어스가 자신들을 원망하지 않았던 것처럼.

"그래도 많이 진정된 것 같아 다행이다. 그런데 어떻게 움직인 거야? 난 힘이 하나도 없었는데 넌 마치 아무 일도 없는 것처럼 달려와 그놈들을 베어버렸잖아."

"그건……"

샤막의 물음에 카시아스는 주변을 둘러보았다. 혹시나 듣는 사람이 없는지 확인한 것이다.

"나도 걱정했당께. 니가 미쳐 날뛰지나 않을지 얼마나 가슴이 벌렁벌렁했는지, 췌엣. 뭘 그리 두리번거리는 거여?"

로베르토도 한마디 했다. 카시아스가 그렇게 이성을 잃은 모습은 처음이었기 때문이다.

"걱정해 줘서 고맙다. 하지만 그런 일은 없을 거야. 그보다 너희들에게 말해줄 게 있다. 이건 우리만 알아야 하는 일이야."

카시아스는 이번 피의 제전을 통해서 알게 된 사실을 이야기하기로 했다.

"무슨 일인데?"

"말해보드라고."

"절대 비밀을 지켜야 해. 아님 우리 모두 죽게 될 거야."

카시아스는 단단히 주의를 주었다. 만일 알려지게 된다면 자신뿐만 아니라 모두가 위험해질 수도 있었다.

"무, 무슨 일인데?"

"겁나게 만들어부네."

샤막과 로베르토는 잔뜩 긴장했다. 가뜩이나 분위기도 뒤숭숭한데 또 무슨 일인지 걱정스러웠다.

"샤막, 가주님께서 부르신다! 따라와라!"

이때 친위대가 샤막을 불렀다.

"나 혼자 말입니까?"

"그렇다! 가자!"

"이따 이야기하자. 갔다 올게."

샤막은 친위대의 뒤를 따랐다.

CHAPTER
06

사악한 속삭임

샤갈 집무실.

샤갈은 턱을 괴고 앉아 눈을 감았다. 뭔가 심각한 고민이 있는 모양이다.

똑똑.

"샤막을 데려왔습니다."

"들여라!"

"찾으셨습니까?"

샤막은 샤갈의 눈치를 살폈다. 표정이 좋지 않은 게 혹여 뭔가 불똥이 튈까 걱정되었다.

"앉지."

샤갈의 목소리는 의외로 차분했다.

"부상은 완쾌되었나?"

"치유의 돌 덕분에 완쾌되었습니다."

뭔가 책임 추궁을 하는 줄 알았는데 안부를 묻자 샤막은 내심 가슴을 쓸어내렸다.

"비트레이 그놈이 왜 널 공격했는지 아나?"

"아까 오로도스 가문의 사주라고 하지 않았습니까?"

"그렇다. 나를 물 먹이려는 것이지. 오로도스 가문은 이번 피의 제전에서 우리 가문을 망치기 위해 여러 가지 수작을 부렸다. 그중 하나가 시합 중에 너를 손보는 것이었지. 아마 말리지 않았어도 죽이지는 않았을 것이다. 팔다리 하나 정도 잘랐겠지. 알겠지만 팔다리가 잘리면 치유의 돌로도 낫게 할 수 없으니까."

샤갈은 샤막에게 일어났던 일에 대해서 말해주었다. 워리어스들에게 말하지는 않았지만 비트레이를 비롯한 투견들은 샤막을 죽이려는 의도는 없었던 것이다.

그저 팔다리 하나씩을 자르는 게 계획이었고, 목숨을 빼앗지는 않았겠지만 샤갈은 그러한 부분은 뺀 채 워리어스들에게 비트레이를 비난했던 것이다.

"왜 저를……."

샤막은 왜 오로도스 가문에서 자신을 타깃으로 삼았는지 전혀 이해할 수가 없었다. 만일 클라니우스 가문과의 경쟁 때문이라면 더 뛰어난 실력의 워리어스를 망가뜨리는 것이 이득이 아닌가.

아직 워리어스라는 칭호조차 얻지 못한 자신을 병신으로 만들어봐야 별다른 이득이 없기 때문이다.

"로비우스!"

샤갈은 단 한 마디로 의문을 풀어주었다.

"노예상인 로비우스 말입니까?"

샤막의 가슴이 철렁 내려앉았다. 개미굴에 들어가고 이곳으로 오면서 바깥세상에 대한 일은 모두 잊겠다고 다짐하지 않았던가. 이제는 죽을 때까지 나갈 수 없는 세상이었기에 사랑도 원한도 모두 잊기로 다짐했다.

그런데 뼛속까지 원한이 사무쳐 있는 로비우스의 이름을 이곳에서 다시 듣게 될 줄은 몰랐던 것이다.

"그렇다. 로비우스가 막시무스 그자에게 상당한 자금을 건넸다고 한다. 너를 불구로 만들기 위해."

"그, 그놈이……."

샤막의 얼굴 표정이 사납게 변했다. 자신이 사형선고를 받고 지옥 같은 개미굴을 거쳐 이곳까지 오게 된 것이 다 로비우스 때문이 아닌가. 그런데 이곳에까지 손을 뻗쳐 자신에게 해를 가하려는 행태에 분노가 치밀었다.

"왜 불구로 만들려 했는지는 생각해 보면 알 것이다."

"불구가 된 워리어스는 없을 테니 저를 팔아버리시겠군요."

샤막은 샤갈의 의도를 곧바로 알아차렸다. 이곳에서 죽여버리면 너무나 쉽지 않은가.

로비우스는 끝까지 샤막을 괴롭힐 생각이었다. 불구가 된 샤막을 사들여 옆에서 평생토록 고통을 줄 생각으로 이번 일을 벌인 것이다. 샤막은 치가 떨렸다.

팔다리가 잘리면 치유의 돌도 소용이 없고 워리어스로서는 끝이 아닌가. 샤갈이 불구가 된 샤막을 평생 거두어줄 리는 만무하니 로비우스의 의도대로 되는 것이다.

"그렇다. 네가 이곳에 남기 위해서는 워리어스여야만 하지. 냉정하게 들리겠지만 아무런 가치도 없는데 너를 이곳에 머물게 할 수는 없지 않겠나?"

"그렇습니다."

샤갈의 말은 맞았다. 워리어스로서의 가치를 증명하지 못하는 이상 이곳에 남아 있을 수는 없는 것이다.

"아마 이번이 끝이 아닐 것이다. 앞으로도 무슨 수작을 부릴지 알 수가 없어."

"로비우스 그놈을 그때 끝장냈어야 하는데……."

샤막은 팔 하나밖에 자르지 못한 것이 못내 아쉬웠다. 비록 치유의 돌로도 잘린 팔은 붙일 수 없어 로비우스는 평생을 외팔로 살아야겠지만 그 힘이 없어진 것은 아니다.

비잔티움 시에서 거래되는 노예의 상당수를 담당하고 있는 로비우스의 힘은 대단했다. 귀족들은 물론 힘 있는 시민들과 끈을 놓아 광범위한 세력을 형성하고 있었기 때문이다.

"기회를 갖고 싶으냐?"

"로비우스를 말입니까? 그게… 가능합니까?"

샤갈의 제안은 샤막의 가슴에 불을 지폈다. 기회만 주어진다면 당장에라도 목을 치고 싶었다.

"내가 힘써준다면야 불가능한 일도 아니지. 언제 또 수작을 부릴지 모르니 차라리 뿌리를 뽑는 것도 좋겠지."

샤갈은 긍정적으로 답을 주었다. 샤갈 역시 이번 일로 인해 갚아야 할 빚이 생긴 것이다.

"하지만 저는 노예 신분입니다. 이곳을 벗어날 수 없는데 어떻게 그자를 죽이겠습니까?"

"너의 주인은 나다. 내가 데리고 나간다는데 누가 뭐라 하겠느냐? 물론 남의 눈은 피하는 게 좋겠지만. 뒤탈을 방지하기 위해서도."

샤막의 걱정은 기우였다. 샤갈이 허락하는 이상 샤막은 언제든 로비우스에게 갈 수 있었다. 샤막의 가슴이 두근거렸다.

바깥 세상에 대한 일을 잊겠다고 다짐했지만 한 가지 미련이 남아 있다면 바로 로비우스가 아닌가.

로비우스를 완전히 처단하지 못한 게 샤막에게는 가장 큰 미련이자 한이었다. 그런데 지금 그 기회를 얻게 될지도 몰랐다.

"기회를 주신다면 반드시 없애겠습니다."

샤막은 생각할 것도 없이 바로 답했다.

"좋다. 내가 기회를 만들어보지. 하나 그전에 해결해야 할 일이 있다."

"말씀하십시오."

"막시무스! 그놈이 있는 이상 계속해서 이런 일은 되풀이될 것이다. 막시무스만 없다면 로비우스 그놈이 널 어쩌겠느냐?"

샤갈은 로비우스에 앞서 막시무스를 제거해야 할 최우선 대상으로 삼았다. 클라니우스 가문에 머물고 있는 샤막을 로비우스가 어찌할 수는 없었다.

적어도 샤막은 든든한 보호막이 있는 셈이다. 하지만 같은 계통의 오로도스 가문이 수작을 부린다면 샤막이라고 해도 언제든 화가 미칠 수 있었다.

가장 위협적인 요소를 제거하는 게 우선인 것이다.

"막시무스는…… 가주님과는 절친한 사이라고 들었습니

다만."

상대가 너무 거물이라는 게 샤막의 마음에 걸렸다. 두 가문의 관계는 샤막도 이곳에 오기 전부터 알고 있었기 때문이다. 오랜 세월 애증의 관계로 이어져 오고 있다는 게 맞았다.

비록 지금은 틀어졌어도 언제든 다시 화해할 수 있는 가문의 가주를 죽인다면 결코 뒤가 좋지 않을 것이라는 걸 샤막은 알고 있었다.

"그놈이 먼저 칼을 빼 들었으니 되갚아줘야지. 어떠냐? 기회를 만들어줄 테니 해보겠느냐? 만일 네가 해낸다면 네게 자유를 주겠다."

샤갈은 전격적인 조건을 내걸었다. 워리어스에게는 최고의 귀한 대가였다.

"자, 자유를 말씀입니까?"

샤막의 가슴이 철렁 내려앉았다. 설마 이런 조건을 내걸 줄은 생각지도 못했기 때문이다. 자유만 얻을 수 있다면 무슨 짓이듯 못하랴. 막시무스가 아니라 누구라도 죽일 수 있다.

여러 가지 생각이 머릿속을 스치고 지나갔다. 잊겠다던 바깥세상에서의 일들과 줄리아. 모든 것이 다시금 스멀스멀 떠오르기 시작했다.

"그렇다. 네가 자유를 얻은 후에 로비우스를 찾아가 복수를 하는 건 네 마음이겠지."

샤갈의 목적은 로비우스가 아닌 막시무스라는 게 명확해졌다. 로비우스는 샤막의 자유 재량일 뿐, 샤갈이 원하는 건 자신의 뒤통수를 친 막시무스였다.

"하겠습니다. 기회를 주십시오."

샤막은 곧바로 대답했다. 이런 기회는 두 번 다시 주어지지 않을 것이기 때문이다.

"알겠다. 기회를 만들어보지. 때가 되면 따로 부를 테니 그때까지 절대 함구하도록. 그전에 일이 새어 나간다면 너는 기회를 잡기는커녕 로비우스에게 넘길 것이다. 알겠느냐?"

"명심하겠습니다."

샤갈은 단단히 주의를 주었다. 샤갈에게도 막시무스를 제거하는 건 꽤나 많은 위험을 감수하는 것이다. 막시무스 역시 비잔티움 시의 세력가들과 연결되어 있었고, 그의 죽음에 관여한 사실이 알려진다면 샤갈도 무사하지는 못하기 때문이다.

"좋다. 나가보도록. 삼 일간의 자유를 누려야지."

"감사합니다, 가주님. 반드시 보답하겠습니다."

"후후. 기대하지."

샤갈의 얼굴이 비로소 환해졌다. 앓던 이가 빠지는 것 같았다. 자신의 명예를 더럽히고 모욕감을 준 막시무스의 마지막을 천천히 즐길 생각이다.

　　　　　*　　　　　*　　　　　*

　삼 일간의 특별 자유를 얻은 카시아스는 별관에 마련된 티아라의 방에 앉아 생각에 잠겼다. 별관은 워리어스들의 짝이 지내는 곳으로 콜로세움에서 살아 돌아와 특별 자유 시간을 갖게 될 때 이곳에서 함께 생활하게 된다.

　워리어스의 짝이 된 여인들은 평상시에는 이런저런 허드렛일을 하는데 일반 노예보다는 덜 힘든 일을 맡았고, 밤에는 다른 노예들과는 달리 이곳에서 개인적인 생활을 다소 누릴 수 있었다.

　여자 노예들에게는 워리어스의 짝이 되는 것이 가장 큰 소망일 만큼 다른 노예들과는 많은 면에서 혜택이 주어졌다.

　특히 특별 자유 시간에는 모든 집안일에서 열외였고, 오직 워리어스들의 지친 심신을 달래주는 데에만 집중할 수 있었다.

　워리어스도 특별 자유 시간 동안에는 훈련을 하지 않아도 되었고, 별관 내에서는 이동이 자유로웠다. 가주가 머무는 본관과 바깥출입만이 통제되었을 뿐 그밖에는 특별한 제약을 받지 않았다.

　"으음."

카시아스는 머릿속이 복잡했다. 겨우 만나게 된 설하문은 허무하게 생을 마감해 버렸고, 그를 죽인 테일러와 야콥에게 복수할 수도 없다. 같은 동료라는 이유도 있지만 설하문을 그렇게 만든 근본적인 원인은 이곳으로 소환해 온 자들에게 있지 않은가.

카시아스에게는 생의 목표였던 설하문과의 만남과 그의 죽음은 적지 않은 영향을 주었다.

거기에 설하문이 남긴 말은 카시아스로 하여금 더욱 고민하게 만들었다.

그의 딸 설련이 이 세상 어딘가에 살아 있고, 그녀를 부탁하지 않았던가. 이곳에서 한 발짝도 나갈 수 없는 카시아스로서는 답답함에 가슴이 터질 것 같았다.

무엇보다 콜로세움에서 벌어졌던 참혹한 살극. 그렇게나 대단했던 워리어스들이 그야말로 병든 닭처럼 비실댈 수밖에 없었던 이유들. 마스터 벨포스의 말대로 워리어스들이 반란을 생각하지 못하는 이유를 카시아스는 눈으로 목격한 것이다.

하지만 설하문은 분명 말하지 않았던가. 그들의 속박을 벗어날 수 있는 방법을. 카시아스는 설하문의 말을 믿었다. 그 이유는 스스로가 가장 잘 알기 때문이다.

다른 워리어스들에 비해 카시아스는 속박을 거의 받지 않았다. 과연 설하문의 충고대로라면 카시아스는 언젠가 클라니우스 가문을 떠날 수 있는 힘을 얻게 될 것이다.

"카시아스, 무슨 고민이 있으세요?"

티아라는 카시아스의 옆에 앉자 물끄러미 바라보았다.

"잠시 생각할 게 좀 있소."

카시아스는 당황하며 살짝 물러났다. 비록 밤을 함께 보낸 사이지만 여전히 어색했다.

짝이 된 후 하룻밤을 보내기는 했지만 석 달이 넘을 동안 지나가면서 잠시 스쳐 본 게 전부가 아닌가.

"그동안 보고 싶었어요. 지나가며 당신이 훈련하는 모습을 볼 때면 달려가 안기고 싶었어요. 당신도 내가 보고 싶었나요?"

스으으윽.

티아라는 카시아스의 품을 파고들며 애교 섞인 목소리로 말했다. 무척이나 보고 싶었던 모양이다.

그도 그럴 것이, 짝이란 건 부부가 아닌가. 그런데도 둘은 함께 있을 수가 없었다. 집안일을 거들며 훈련장 근처를 지날 때 슬쩍 보는 게 전부였다.

운이 좋아 가까운 거리에 있으면 한두 마디 대화를 하는 게 고작이다. 이렇게 특별 자유를 다시 얻을 때까지는 보고 싶어도, 함께 있고 싶어도 그럴 수가 없었다.

"나도 보고 싶었소."

카시아스는 어색했지만 솔직하게 말했다. 비록 원하지 않는 선택이었지만 짝이 된 이상 자신의 여자로 받아들인 것이다. 카시아스도 남자였고, 낯선 세상에서 마음을 의지할 곳이 필요하다.

"정말요?"

"그렇소."

카시아스는 이번엔 시선을 피하지 않고 티아라를 바라보았다. 아마 이런 식의 만남이 아니었더라도 티아라 같은 여인이라면 카시아스는 반해서 청혼했을 것이다.

티아라는 예뻤고 또 순수했다. 무엇보다 카시아스의 마음을 위로해 주었고, 떨어져 있어도 걱정해 준다. 카시아스는 그런 티아라에게 점차 마음이 끌렸다.

"삼 일간 이렇게 당신 품에 안길 수 있다니 너무 행복해요. 당신이 피의 제전에 참가하러 떠나고부터 전 조마조마해서 아무것도 할 수 없었어요."

티아라의 목소리가 살짝 떨렸다. 당시의 느낌이 그대로 전해지는 것 같았다. 별관에 있는 여인들은 모두 티아라의 마음과 같을 것이다. 워리어스들에게는 콜로세움이 곧 명예일지 몰라도 별관의 여인들에게는 악몽이었다.

"돌아온다고 하지 않았소? 너무 걱정 마시오."

카시아스는 티아라의 머리를 부드럽게 쓸어주었다. 티아라의 진심이 전해졌다.

"콜로세움으로 떠날 때 이곳에 머무는 우리는 언제나 피가 마른답니다. 그리고 언제나 돌아오지 못하는 사람들이 있지요. 남겨진 짝들이 슬피 우는 걸 보는 것만으로도 마음이 찢어지는 것 같아요. 나는 절대로 당신을 잃고 싶지 않아요."

티아라는 울먹이는 목소리로 말했다. 이번에 돌아오지 못한 워리어스의 짝들이 얼마나 슬퍼하는지 티아라는 보았다. 아니, 이전에도 워리어스의 짝이 된 여인들이 얼마나 노심초사하는지, 그리고 얼마나 슬퍼했는지 봐오지 않았는가.

막상 그러한 삶을 경험해 보니 워리어스가 콜로세움으로 떠나게 된다는 소식을 들으면 그때부터 대회가 끝날 때까지 한순간도 마음이 편하질 못했다.

티아라 역시 석 달 전 피의 제전에 카시아스가 참가한다는 소식을 들은 후 지금까지 혼자 마음고생을 하며 지내왔던 것이다.

"내가 약속했지 않소. 곁에 있겠다고."

그런 티아라의 마음을 카시아스는 느낄 수 있었다. 가느다란 어깨가 떨릴 때면 카시아스는 어떻게든 지켜주고 싶었다.

"전… 당신을 믿을래요."

티아라는 카시아스의 품에 더욱 파고들었다.

"어어, 카시아스! 아직 해도 안 떨어졌는데 벌써부터 재미 보는 거여? 안 그런 척은 혼자 다 하면서 말이여."

분위기가 한창 뜨거워지는 찰나 불청객이 나타났다. 로베르토는 우렁찬 목소리로 둘 사이에 찬물을 끼얹었다.

"이거 벌써부터 뜨거운데?"

샤막도 거들며 둘 사이를 갈라놓았다.

"어머!"

티아라는 얼굴이 빨개져서는 얼른 떨어졌다. 반쯤 내려진 드레스를 재빨리 올리는 것도 잊지 않았다.

꿈틀.

카시아스의 이마에 심줄이 돋았다. 자신이 부르기는 했지만 타이밍이 너무도 안 좋았던 것이다.

"티아라, 미안한데 잠깐 자리 좀 비켜주겠소?"

카시아스는 하는 수 없이 티아라에게 양해를 구했다.

"와인이라도 갖다 드릴까요?"

"와인이라면 여기 있으니께 되었드라고."

로베르토를 얄미운 표정으로 와인이 든 병을 이리저리 흔들었다. 한 대 쥐어박고 싶은 얼굴이다.

"잠깐이면 되니 잠시만 비켜주시오."

"알았어요. 그럼 애나하고 리아랑 있을게요."

"고맙소."

티아라는 아쉬웠지만 다른 짝들과 밀린 수다를 떨기로 했다.

"그런데 할 말이 뭐여? 뜸들이지 말고 말해보드라고."

로베르토는 티아라가 나가자마자 카시아스를 재촉했다. 빨리 이야기를 듣고 애나에게 가고 싶은 마음 때문이다.

"그보다 가주가 널 왜 부른 거지?"

카시아스는 일단 샤막의 일부터 물었다. 뒤숭숭한 분위기에 가주가 따로 부른 게 걱정되었던 것이다.

"날 죽이라고 시킨 놈 때문에."

"오로도스 가문이라며?"

"오로도스 가문에 뇌물을 주고 시킨 놈이 있어."

"그게 누군데?"

"그게 정말이여?"

카시아스와 로베르토는 동시에 언성이 높아졌다. 오로도스 가문이 사주한 것도 황당한데 오로도스 가문을 사주한 또 다른 존재가 있다니 기가 막힐 노릇이었다.

"로비우스!"

"로비우스라면… 네가 팔을 잘랐다던 그 노예상인?"

"맞아."

카시아스의 가슴이 철렁 내려앉았다. 샤막과 로비우스 간에 얽힌 사연은 이미 들어 알고 있었다. 로비우스가 얼마나 악독한 인간이고 또 수많은 악행을 저질러 왔는지도.

하지만 그건 바깥세상에서의 일이 아닌가. 이제 워리어스로 살아가는 샤막에게 그런 짓까지 저지를 정도면 샤막에 대한 원한이 꽤나 깊다는 것을 알 수 있었다.

"그 썩을 놈이여? 그 잡놈의 대그빡을 박살 내부러야지, 어디서 그런 짓거리여?"

로베르토는 흥분해서는 방방 뛰었다. 가능하다면 당장에라도 달려가 로비우스의 머리통을 부수고 싶었다. 로비우스만 아니었다면 샤막은 기사로서의 삶을 살 것이고 사랑했던 여인 줄리아와 행복한 가정을 꾸렸을 것이다.

오히려 복수를 해야 할 사람은 샤막인데 죄를 뉘우치기는커녕 샤막에게 복수하려고 혈안이 되어 있지 않은가.

"가주가 내게 기회를 주겠다고 약속했다."

샤막은 잠시 망설였지만 가주와의 일을 이야기하기로 했다. 적어도 이곳에서 믿을 수 있는 유일한 사람은 이 둘뿐이지 않은가.

"기회를? 어떤?"

"로비우스 그놈은 이번으로 끝나지 않을 거야. 계속 날 괴롭히기 위해 뭔가를 하겠지."

"넌 여기서 나갈 수가 없는데 어떻게 하려고?"

카시아스는 불길한 생각이 들었다. 워리어스라고 거창하게 불리지만 신분은 노예가 아닌가. 콜로세움이 아니라면 워리어스가 할 수 있는 것은 없었기 때문이다.

　"로비우스가 내게 직접 뭔가를 할 수는 없어. 지금처럼 누군가를 고용해야 하는데 그럴 수 있는 사람은 하나뿐이지."

　"설마… 오로도스 가문?"

　"그래."

　"가주가 네게 원하는 게 뭔데? 설마…….."

　카시아스는 대충 짐작할 수 있었다. 하지만 그건 어리석은 일이다. 카시아스는 가주의 제안이 결코 샤막에게 이롭지 않다고 판단했다. 그건 그간의 경험이 말해주는 것이다.

　"아마 오로도스 가문을 칠 것 같아. 물론 비밀리에. 막시무스 가주를 제거하려는 거겠지. 가주는 내가 막시무스 그자를 죽여주기를 바라고 있어."

　샤막은 가주의 제안을 이야기했다. 그건 엄청난 사건이었다. 다른 사람도 아니고 클라니우스 가문과 양대 가문인 오로도스 가문의 가주를 죽인다면 비잔티움 시가 발칵 뒤집히게 될 것이다.

　"오로도스 가문도 여기만큼이나 힘이 있는 걸로 아는데 그게 가능하다고 생각해?"

　카시아스는 절대로 실행될 수 없는 일로 보았다. 성공 가능성도 희박하지만 성공해도 샤막은 죽은 목숨이 아닌가.

"지금 할 수 있는 건 그것뿐이니까."

샤막은 애써 긍정적으로 생각했다.

"가주가 네게 막시무스를 제거하도록 해주겠다는 거지?"

"아마도."

"아니야. 좋지 않아. 이곳에서 우린 노예일 뿐이다. 그런데 그런 일까지 휘말린다면 절대로 좋지 않아. 아니, 성공할 가능성 자체가 너무도 희박해. 그리고 성공한다고 해도 너를 절대 살려두지 않을 거야. 너를 살려두기에는 감수해야 할 위험이 너무나 크니까."

카시아스는 가주의 제안에 대해서는 절대적으로 반대했다. 이건 샤막을 그냥 죽이겠다는 것과 다름이 없었다. 잘하든 못하든 샤막은 절대로 살 수 없는 게임인 것이다.

"네 말대로 위험한 일이야. 가능성이 희박하지. 그래도 모험을 걸기에는 충분하지 않아?"

샤막은 최대한 긍정적인 쪽으로 받아들였다. 가능성이 제로가 아닌 이상은 시도해 볼 가치가 있었기 때문이다.

"과연 그럴까? 막시무스를 제거하기도 힘들겠지만 그 뒷감당은 어떻게 하려고?"

카시아스는 여전히 반대였다. 막시무스 가주 주변에는 수많은 워리어스가 있고 또한 친위대가 있다. 그들을 뚫고 막시무스를 제거하는 건 이곳에서 벗어나는 것만큼이나 어려운 일이다.

"그 대가는 자유다."

"자유?"

자유라는 말에 카시아스도 꽤나 놀랐다. 설마 그런 대가를 내걸 줄 생각지도 못한 것이다.

"내게 자유를 주기로 했어."

"으음."

자유라는 말에 카시아스도 전적으로 반대만 할 수는 없었다. 샤막의 말대로 모험을 해볼 만한 충분한 가치가 있었기 때문이다.

"그 정도면 한번 모험을 해볼 만하지 않아?"

"잘만 되면 좋겠지만 과연 성공할 수 있을까? 그리고 네게 진짜 자유를 줄까?"

카시아스는 아까와는 다소 태도가 달라지기는 했지만 부정적인 생각은 여전했다. 자유를 내걸 만큼 성공 가능성이 낮다는 의미였고, 어떻게든 성공했다손 치더라도 샤갈이 약속을 지키지 않는다면 무의미한 것이 아닌가.

그렇다고 샤갈에게 왜 약속을 지키지 않느냐고 따질 처지도 아니었기 때문이다.

"위험한 만큼 그 정도의 대가를 주는 거겠지."

샤막은 좋게 생각하고자 했다.

"만일 네가 막시무스를 제거하는 데 성공한다고 해도 그렇게 되면 가주의 소행이라는 걸 아는 널 손이 닿지 않는 곳에 놔둔다는 게 마음에 걸린다. 가주에게 우리는 언제든 버릴 수 있는 노예일 뿐이잖아. 과연 불안 요소를 놔둘까?"

카시아스는 이후의 일에 대해서도 부정적이었다. 샤갈 같은 자가 고작 워리어스를 위해 위험을 감수할 리가 없기 때문이다. 샤갈에게 워리어스는 그저 소모품이었고, 개미굴에서 언제든 조달되는 물건일 뿐인 것이다.

"그건 그때 생각해 보면 되겠지. 난 어차피 천년만년 자유를 누릴 생각도 없으니까."

카시아스의 걱정을 충분히 이해하면서도 샤막은 뜻을 굽히지 않았다. 설령 샤갈이 약속을 어기고 자신을 죽인다고 해도 순순히 받아들일 생각이었다.

"그럼 왜 그런 위험을 무릅쓰는 건데?"

뻔히 안 좋은 결과가 일어날 것이라는 걸 알면서도 고집을 피우는 샤막을 카시아스는 이해할 수가 없었다.

"로비우스 그놈은 악랄한 자야. 이런 상황에 놓인 내게까지 손을 뻗칠 정도라면 줄리아에게는……."

샤막은 줄리아에 대해서 말하다가는 이내 입을 다물었다. 말문이 막힌 것이다. 샤막이 지금 이런 위험을 무릅쓰려는 이유는 다름 아닌 줄리아 때문이었다.

"줄리아라면 네가 사랑했던 그 여인?"

"그래. 분명 무슨 짓을 할지 몰라. 내가 지켜줄 수 없으니까 차라리 그놈을 죽여 버리는 게 나아. 그놈을 죽일 수만 있다면 가주가 날 배신하고 죽인다고 해도 감수하겠어."

샤막은 왜 그토록 위험한 일을 무릅쓰는지 말해주었다. 자신은 죽어도 상관없었다. 로비우스라는 악마에게서 줄리아를 지켜낼 수만 있다면 무엇이든 받아들일 생각이다.

워리어스로 있는 자신에게 손을 뻗칠 정도라면 이미 줄리아에게 무슨 수작을 부렸을지 알 수 없었다. 하루라도 빨리 로비우스를 죽이는 게 줄리아를 지키는 길이라 믿고 있었다.

"으음."

카시아스는 절로 신음성이 흘러나왔다. 이제는 샤막을 말릴 수도 없었다. 자신이라고 해도 같은 선택을 했을 것이다. 아무리 위험하다고 해도 해야만 하는 일이 있었기 때문이다.

"이건 비밀이다. 이 사실이 알려지면 난 기회도 받지 못하고 죽게 될 거야. 너희들에게 말하는 건… 모르겠다. 나도 불안한 마음이 있었나 봐. 그냥 말해줘야 할 것 같아서."

샤막은 마음을 진정시키고는 차분하게 말했다. 샤갈의 철두철미한 성격으로 보아 절대로 그냥 넘어가지는 않을 것이다.

"말해줘서 고맙다. 사실 나도 해줄 말이 있었으니까."

카시아스는 일단 샤막의 일은 접어두기로 했다. 당장 일어날 일도 아니고 고민해 볼 여유는 있었기 때문이다.

샤갈 가주가 충동적으로 계획을 세웠지만 또 언제 마음이 바뀔지도 모르는 일이 아닌가. 두 가문의 관계로 보아 막상 한쪽을 제거하는 지경까지 갈 가능성은 희박하다는 것이 카시아스의 생각이었다.

"그래, 네가 할 말은 뭐야? 꽤나 눈치를 보던데."

"나도 궁금하구마이. 대체 뭐여?"

아까부터 뜸을 들였던 이야기에 샤막과 로베르토는 무척 궁금해했다. 평소 흰소리를 안 하는 카시아스인 만큼 꽤나 중요한 이야기를 할 것 같았기 때문이다.

"피의 제전에서 들이닥쳤던 자들."

"레지스탕스?"

"레지스탕스? 아는 자들이야?"

샤막이 뭔가를 아는 것 같아 보이자 카시아스의 표정이 급변했다. 그들에 대해서 꽤나 궁금했기 때문이다.

"모르는 사람이 없지. 레지스탕스는 제국에 반대하는, 그러니까 반제국주의자들이야. 과거 제국에 정복된 귀족들을 중심으로 조직되었고, 수백 년이 지난 지금까지도 이어지는 꽤나 전통 있는 조직이지."

샤막은 레지스탕스의 유래에 대해서 이야기해 주었다. 탈로스 왕국이 소환진 아티나의 도움으로 발렌티아 대륙을 통일한 후 제국에 복속된 각 왕국의 귀족들이 지속적으로 투쟁을 벌여왔는데 그들을 통합한 조직이 레지스탕스였다.

레지스탕스의 역사는 탈로스 제국과 엇비슷할 만큼 오랜 세월 이어져 온, 제국의 입장에서는 언제나 골치를 썩이는 조직이었다.

"수백 년간이나?"

카시아스는 무척 놀랐다. 수백 년간을 지속적으로 하나의 목적을 가지고 투쟁해 온다는 건 불가능에 가까운 일이 아닌가. 적어도 그 투지만큼은 대단하다는 말 외에는 할 수 없었다.

"그래. 탈로스 제국이 전 대륙을 정복한 게 400년 전이니까. 그때부터 제국에 대항해 싸워왔거든. 아마 각 도시에 지부가 있을 거야. 무시할 수 없는 조직이지."

"대단하네. 수백 년간 싸워온 것도 그렇고 조직이 와해되지 않고 이어진 것도 그렇고."

카시아스는 레지스탕스 조직이 단순한 세력이 아니라는 걸 알게 되었다. 400여 년을 대륙 전체에 지부를 두고 있을 정도면 나라라고 해도 과언이 아니다.

이번에도 가장 경비가 삼엄하게 펼쳐져 있는 콜로세움에

난입한 것을 보더라도 그들의 세력이 대단하다고밖에 볼 수 없었다.

"그렇지. 성과도 없는데 조직이 이어져 온 것 자체가 놀랄 만하지. 더 놀라운 건 근래 들어 레지스탕스의 세력이 점점 커지고 있다는 거야. 제국을 위협할 만큼."

"어떻게? 이제 지원해 줄 왕국도 없을 텐데."

카시아스는 어떻게 그런 거대한 조직이 유지될 수 있는지 궁금했다. 도시마다 지부를 둘 정도면 상당한 인원이 필요했고, 조직을 유지하는 자금은 천문학적으로 필요할 것이다.

일개 워리어스 양성소를 운영하는 것만 해도 시의 재정 지원 없이는 불가능하지 않은가.

그런데 대륙적인 조직을 운영하기 위해서는 반드시 안정된 자금원이 필요하기 때문이다.

군대를 운영해 본 카시아스는 강한 힘을 유지하기 위해 얼마나 많은 자금이 필요한지 잘 알고 있었다.

"제국에 불만이 있는 사람들이 많아. 소수의 권력자들과 시민들을 위해 절대 다수가 희생하는 구조거든. 우리 같은 노예들도 헤아릴 수 없이 많고 말야. 당연히 불만들이 터져 나오지. 멀쩡하던 시민이 하루아침에 노예로 전락하는 그런 세상이니까."

샤막은 제국에 대해 상당히 부정적인 시작으로 이야기했

다. 기사 출신이지만 제국에 반감이 큰 것 같았다.

"혹시 너도 그들과 관련이 있는 거야?"

"여기 들어오기 전에 접촉한 일은 있어. 줄리아와 함께 도망가기 위해서는 레지스탕스의 도움이 필요했거든."

샤막은 레지스탕스와의 인연에 대해서 말해주었다. 본격적으로 활동하지는 않았지만 로비우스를 피해 줄리아와 안전한 곳을 찾다 보니 레지스탕스와 자연스레 연결된 것이다.

하지만 줄리아를 피신시키기 전에 로비우스에게 잡혔고, 줄리아는 험한 꼴을 당한 것이다. 샤막은 참지 못하고 로비우스에게 달려가 호위기사를 베어버리고 그의 팔까지 잘라냈지만 결국 목숨을 끊지는 못하고 잡혔다.

"그럼 레지스탕스는 태생이 이곳 출신들이겠구나."

"그건 아니야. 알다시피 소환수들은 탈로스가 제국이 되기 이전 시절부터 있어왔고, 탈로스 왕국을 제국으로 만드는 데 큰 역할을 했던 자들이지. 탈로스 제국의 최고위 귀족 중 일부는 소환수들이야."

"소환수들이 이런 짓거리를 벌였단 말야?"

샤막의 설명에 카시아스의 표정이 사납게 변했다. 지금까지 제국의 고위층은 단지 소환수를 짐승처럼 이용만 하는 것이라 생각했는데 정작 그러한 자들이 같은 소환수라니 기가 막혔다.

처음 탈로스 왕국에 힘을 실어주었던 소환수들이 권력을 잡아 제국으로 성장시킨 후에 그들의 권력을 유지하기 위해 여전히 소환진 아티나를 가동시켰던 것이다.

"뭐 탈로스 제국의 안정을 위해서겠지. 하지만 반발했던 자들도 많았다고 들었어. 그리고 레지스탕스 내에는 과거 소환수들의 자손들도 꽤 있을 거야. 내가 듣기로는 그래. 그러니 이곳처럼 소환수와 투견이 함께한다고 보면 될 거다."

"으음."

샤막의 자세한 설명은 카시아스의 머릿속을 복잡하게 만들었다. 지금껏 카시아스에게 적은 이곳 세상의 사람들이었다. 특히 황가의 권력자들과 고위 귀족들이 그 대상이었다.

하지만 샤막의 이야기를 통해 소환수 역시 카시아스에게는 용납할 수 없는 대상이 되었다.

결국 소환수와 투견을 구분하는 의미가 없어진 셈이다.

"왜? 레지스탕스에 관심 있어? 아서라. 너도 봤겠지만 절대로 대항할 수가 없다. 비록 마법사는 사라졌지만 마도구들은 넘쳐나. 마나를 제어하는 마도구가 존재하는 이상 누구도 반란은 꿈도 못 꿔. 그 대단한 워리어스들이 제대로 서지도 못하는 것 봤잖아? 뭐 레지스탕스 중에는 마나 속박을 받지 않는 자들도 있었지만 워리어스들은 예외없이 마나 속박으로 꼼짝달싹 못하게 되거든."

샤막은 레지스탕스의 거대한 조직에 대해서 꽤나 대단하게 말하기는 했지만 그들의 목표가 이루어지는 것에 대해서는 부정적이었다. 그런 거대한 조직을 가지고도 사백여 년간 성공하지 못했다는 건 다 그만한 이유가 있는 것이다.

가장 큰 걸림돌은 뭐니 뭐니 해도 마나 속박이다. 마나 속박에서 자유롭지 못하는 이상 절대로 제국에 대항할 수 없었다.

"그건 맞는 말이여. 나도 온몸의 힘이 죄다 빠져나가드라니께. 맥이 탁 풀린 것이 일어나기도 힘들더만."

로베르토도 콜로세움에서 겪었던 마나 속박 때를 생각하고는 고개를 절레절레 흔들었다.

"만일 마나의 속박에서 벗어날 수 있는 방법이 있다면?"

카시아스의 눈에 이채가 서렸다.

"그건 불가능하다. 네가 기사단을 보고 생각한 모양인데, 기사단은 마나 속박을 방어할 수 있는 특별한 마도구를 착용하고 있어. 그리고 그것을 만들 수 있는 곳은 오직 황궁뿐이야. 레지스탕스에서도 그건 빼오지 못할걸. 불가능해. 뭐, 마나 속박에서 자유로운 자들도 있었지만 그건 소수에 불과해. 절대 상대가 안 돼."

샤막은 고개를 저었다. 지금껏 레지스탕스에서도 알아내지 못한 걸 카시아스가 해낼 리가 없지 않은가. 과거 마법으로 이름을 떨쳤던 마도제국의 유물은 지금까지도 신의 권능이라 불릴 만큼 대단했다.

치유의 돌만 봐도 수긍이 되지 않는가. 거기에 다른 차원의 인재들을 강제 소환하는 소환진 아티나. 이런 대단한 마도구들이 즐비한 탈로스 제국을 상대로는 그야말로 계란으로 바위를 치는 격이다.

대륙적인 조직 레지스탕스에서도 아직까지 마나 속박에 대한 뚜렷한 해결책을 찾아내지 못한 상황이기 때문이다.

"아니. 마도구 없이도 가능해. 난 피의 제전 때 마나의 속박을 거의 받지 않았다."

하지만 카시아스의 생각은 달랐다. 카시아스는 마나 속박에서 자유로웠고, 그 덕분에 샤막을 구하지 않았는가.

"그, 그게 정말이야? 그러고 보니 나를 구해줬을 때 넌 분명 평소와 다름없이 움직였던 것 같기도 하고. 내가 정신을 잃기 직전이라 자세히 보지는 못했지만 말이야."

"참말이여? 나도 좀 이상하긴 했지만 설마 그게 가능하려고?"

샤막과 로베르토도 반신반의했다. 카시아스는 분명 다른 워리어스들과는 달리 꽤나 민첩하게 움직인 것 같았기 때문이다. 하지만 왜 카시아스만이 그러한 움직임을 보였는지는 알 수 없었다.

"그래. 어느 정도 받기는 했지만 충분히 극복할 수준이었어. 그리고… 마나의 속박을 받지 않는 방법을 알아냈어."

"어떻게?"

"참말이여?"

카시아스의 이야기는 샤막과 로베르토를 놀라게 만들었다. 지금껏 탈로스 제국의 힘을 유지하게 해준 결정적인 비밀 중 하나가 풀릴지도 모르는 일이다.

"세르게이가 가르쳐 줬어. 그리고 나는 직접 그걸 경험했다. 그래서 확신할 수 있게 되었고."

"세, 세르게이가?"

"그래."

샤막은 꽤나 놀랐다. 투견들의 공격으로 정신이 가물거렸기에 세르게이에게 무슨 일이 일어났고 또 카시아스와 무슨 이야기를 나눴는지는 자세히 알지 못했다.

하지만 카시아스가 이런 농담을 할 위인은 아니지 않은가. 무엇보다 워리어스 최강자로 불리는 세르게이의 말이라면 왠지 신빙성이 생긴다.

"대체 어떤 방법인데?"

"우리가 지금 수련하는 마나 수련법에 대해서 어떻게 생각해?"

"뭐, 대단히 발전된 수련법이지. 내가 기사단에서 배웠던 것보다 훨씬 대단하니까. 일단 수련 시간이 짧고 그 효과는 더 뛰어나잖아."

샤막은 벨포스에게 배운 마나 수련법에 대해서 꽤나 찬양하고 있었다. 워리어스를 강하게 만들어주는 힘의 근본이 바로 마나 수련법이었기 때문이다.

과거 기사 시절과 비교해도 지금의 샤막은 월등히 뛰어난 실력을 가지고 있다.

불과 석 달 동안이지만 이곳에서 훈련한 마나 수련법과 검술은 기사단의 그것에 비할 바가 못 될 만큼 발전된 것이기 때문이다.

"맞아. 그런 장점이 있지. 하지만 그 때문에 마나 속박에 더 취약하다면?"

카시아스는 마나 수련법의 뛰어난 효과에 대해서 오히려 의문을 제기했다.

"지금 수련하는 마나 수련법이 마나 속박과 관련 있다는 거야?"

"세르게이의 말대로라면 그래. 나도 그렇게 느꼈고."

카시아스는 이곳에서 가장 뛰어난 것으로 알려진 마나 수련법이 마나 속박에 가장 취약하다고 확신했다.

"으음. 모르겠는데? 너도 같은 마나 수련법을 하고 있잖아?"

하지만 샤막은 고개를 저었다. 똑같은 마나 수련법을 훈련한 카시아스만이 피의 제전 당시 마나 속박에서 자유로운 이유를 설명하기에는 부족했던 것이다.

"아니. 난 잠시 수련하다 중단했어. 그리고 내가 기존에 해왔던 마나 수련법을 하고 있어. 시간은 좀 더디지만 일단 내 본래의 힘을 먼저 찾기로 했거든. 그런데 우연인지 그런 사건이 있었고, 난 별다른 영향을 받지 않았어. 세르게이의 말도 같았고."

카시아스는 자초지종을 말해주었다. 이유는 알 수 없지만 내키지 않는 마음에 마나 수련법을 중단했는데 오히려 효과를 본 것이다. 그 이유를 알 수는 없었지만 세르게이를 통해서 알게 되었다.

세르게이 역시 이곳에서 지낸 삼 년 동안 그와 같은 의문을 가지고 있었고, 여러 관점에서 남몰래 연구를 한 것 같았다.

하지만 이미 마나 수련을 중단하기에는 너무 늦었기에 이전 세상에서의 마나 수련을 할 수는 없었다.

최강자로 군림하는 지금 이곳에서 배운 마나 수련법을 버리고 쌓아왔던 마나를 모두 버린다면 콜로세움에서 살아 돌아올 수 없었기 때문이다.

"그럼… 마나 속박에서 완전히 자유로울 수도 있다는 거잖아?"

샤막은 흥분했다. 카시아스의 말이 사실이라면 이는 단순한 문제가 아니다. 탈로스 제국으로서는 엄청난 위기로 다가올 수 있었다.

"그래. 생각해 봐. 이 땅에는 수많은 워리어스가 있어. 하지만 그들은 위협적이지 않아. 언제든 마나 속박을 할 수 있으니까. 하지만 마나 속박에서 자유롭다면? 과연 콜로세움에서 봤던 그런 기사단 정도로 막을 수 있을까?"

카시아스는 워리어스들의 힘을 높게 평가했다. 검술과 투술만으로 친다면 이전 세상에서 초절정고수들이다. 오히려 그 수준은 더 높다고 할 수 있다.

그런 워리어스들이 하나로 뭉친다면 레지스탕스보다 더 강한 힘을 발휘하게 될 것이다.

레지스탕스가 400여 년간 이루지 못한 대업을 워리어스들은 할 수 있는 힘을 가지고 있었다.

"으음. 어렵겠지. 만일 워리어스들이 시합 때 보여주었던 힘을 제한없이 사용할 수만 있다면 그 어떤 기사단보다 강할 거야."

샤막도 워리어스들의 실력에 대해서는 인정했다. 직접 겪고 있는 만큼 누구보다 정확히 비교할 수 있는 것이다.

"내 생각도 그래."

"설마 너……."

샤막은 카시아스가 무엇을 생각하는지 바로 깨달았다. 지금 카시아스는 반란을 꿈꾸고 있는 것이다.

"난… 이곳에서 나갈 생각이다."

"뭐, 뭐여?"

"너무 위험하다."

카시아스의 선언에 샤막과 로베르토는 동시에 한목소리를 냈다. 양성소의 경비가 얼마나 삼엄한가. 가장 위험한 자들을 관리하는 만큼 언제든 워리어스들을 제압할 만한 준비가 되어 있기 때문이다.

"언제까지나 이런 세상에서 노예로 살다 노리개로 죽을 생각은 없어. 그리고… 해야 할 일이 또 하나 생겼거든."

"해야 할 일이라니? 예전 개미굴노인의 부탁 말고?"

"세르게이의 딸. 노인의 부탁 외에도 그녀가 어딘가에 있어. 세르게이는 내게 딸을 부탁했다. 난 들어주기로 했고."

카시아스는 이곳에서 나가야만 하는 이유에 대해서 이야기했다. 카시아스는 개미굴의 노인에게 목숨을 받았고, 이제는 세르게이의 부탁까지도 짊어지고 있었다.

"으음. 너무 위험해. 네가 힘을 언제 되찾을지도 알 수 없고. 그렇다 해도 이곳을 빠져나가는 자체가 너무 힘들어. 이곳 친위대의 수준이 콜로세움에서 봤던 기사단보다 절대로 밑이 아니니까."

샤막은 부정적이었다. 한두 사람이 어떻게 할 만큼 클라니우스 가문이 그리 호락호락하지 않기 때문이다. 설령 마나 속박에서 자유롭더라도 같은 조건하에 친위대를 상대해야 한다.

셋이 힘을 합쳐도 친위대 전체를 이길 수는 없다.

"그건 나도 알아. 워리어스 양성소답게 친위대 하나하나가 절대 강자였어. 하지만 내 힘을 되찾는다면 가능해. 아니… 우리가 힘을 합치면 가능하다."

하지만 카시아스는 성공하리라 믿었다. 도법은 과거에 비해 한 단계 올라섰다. 이곳에서 수준 높은 검술들을 배우다 보니 자연스레 그렇게 된 것이다.

과거 운하일검 설하문과 일전을 벌이기 위해 창안했던 도를 한 단계 높이 끌어올렸다. 그것은 폭풍도.

폭풍도의 최종 단계를 깨우치게 된다면 누구라도 이길 수 있다고 확신했다.

"난… 로비우스 그놈을 죽여야 해. 어차피 가주가 기회를 주기로 했으니까."

카시아스에게 목표가 있듯이 샤막도 마찬가지였다. 샤막은 로비우스를 죽이는 게 최우선이었다. 샤갈이 만들어주는 기회가 더 빠르다면 샤막으로서는 카시아스와 함께할 수 없는 것이다.

"난 가주의 약속을 믿지 않는다. 그는 우리를 그저 수단으로 생각할 뿐이야. 같은 사람으로 인정하지 않는 이상 약속이란 건 무의미할 뿐이야."

카시아스는 샤갈이 약속을 지킬 것이라고는 생각하지 않았다. 그저 샤막을 이용한 후 제거하리라는 게 뻔히 보였다.

"내게는 선택의 여지가 없다. 지금도 줄리아가 무슨 험한 꼴을 당하고 있을지 몰라."

샤막도 알지만 선택의 여지는 없었다. 이렇게 하루가 지날 때마다 줄리아가 어떤 고통을 당할지 생각하면 당장에라도 뛰쳐나가고 싶은 마음뿐이었다.

"줄리아의 행방을 알아보면 되잖아."

"줄리아의 행방을? 무슨 수로?"

"워리어스의 짝이 된 여인들은 다른 노예들에 비해 어느 정도는 자유롭다고 들었다. 간혹 시장에도 다녀오는 것 같았어. 그때 행방을 수소문해 볼 수도 있지 않을까? 네가 줄리아가 있는 곳을 가르쳐 주면 쉽잖아."

카시아스는 일단 샤막이 경솔하게 움직이지 못하도록 하나의 대안을 제시했다. 줄리아가 무사하다면 굳이 샤갈의 제안을 받아들일 필요가 없는 것이다.

"으음. 생각해 볼게. 아직 로비우스 그놈이 찾지 못했다면 멀리 떠나라고 해야겠어."

샤막도 쥴리아의 안전만 확인된다면 굳이 결과가 뻔한 모험을 할 생각은 없었다.

"로베르토, 강요하지는 않겠다. 같이 할래?"

"나도 이 그지 같은 곳에서 나가고야 싶지만 마음먹은 대로 될까 모르겠구마이. 애나는 워쩌고?"

로베르토도 노예로 사느니 한번 시도해 볼 마음은 있었지만 애나가 마음에 걸렸다. 로베르토에게 현재 목표가 있다면 그건 애나를 지켜주는 것이다.

"다 함께 가야지."

"우리 셋이서 짝을 데리고 여기서 도망친다는 거여? 너무 무모한 것 아니여?"

로베르토는 과연 말처럼 이루어질지에 대해서는 부정적이었다. 워리어스도 아닌 보통의 연약한 여자와 함께 친위대를 뚫고 나간다는 건 무모했기 때문이다.

"우리 셋만으로는 안 돼!"

"설마 다른 놈들도?"

"그래. 우리 모두여야 한다. 아니면 불가능해."

카시아스는 이들의 생각보다는 더 커다란 계획을 가지고 있었다. 셋뿐만 아니라 클라니우스 가문의 모든 워리어스가 힘을 모으는 것이다.

클라니우스 가문의 친위대와 상대하기 위해서는 그것뿐이

다. 그렇지 않고서는 설령 마나 속박에서 자유롭다고 해도 자신들의 짝까지 대동한 채 여기를 벗어나는 건 불가능했다.

"지금도 소환수와 투견이 원수지간인데 이놈들을 데리고 간다는 거여?"

"나도 그건 무리라고 생각한다. 아마 실행하기도 전에 누군가 가주에게 발설할 거다. 이놈들은 절대 믿을 수 없는 놈들이야. 동료 간에 칼부림을 하는 놈들을 믿을 수는 없다."

로베르토와 샤막은 한목소리로 반대했다. 비록 동료라고는 해도 신뢰할 수 없는 자들이 아닌가. 동료의 등에 칼을 꽂는 자들을 믿을 수는 없었다.

무엇보다 워리어스라는 칭호에 목숨 거는 자들이 굳이 이곳을 떠나려 목숨을 걸겠는가.

"이들에게 믿음은 필요 없어. 믿음으로 움직일 자들이 몇이나 될 것 같아?"

"그럼 어떻게 한다는 거야?"

"훗. 필요한 걸 줘야지."

카시아스는 웃었다. 마치 워리어스들을 움직이게 할 비장의 수라도 있는 듯했다.

"필요한 것?"

샤막은 도무지 감을 잡지 못했다.

"자유. 아무리 워리어스라는 칭호가 명예롭니 어쩌니 떠들어도 자유와 바꿀 수 있을까? 난 적어도 모든 워리어스가 자유롭고 싶어한다고 믿는다."

카시아스는 명예 운운하는 워리어스라고 해도 가장 바라는 것은 자유라고 확신했다.

워리어스에게 가장 명예로운 칭호인 킹 오브 워리어스가 무엇인가. 결국 자유를 얻는 것이다.

말로는 뭐라고 떠들던 궁극적으로 바라는 것은 자유라는 게 명확해진다. 모든 워리어스는 자유를 소망하고 있다.

"으음. 너무 위험한데……."

샤막은 걱정이 앞섰다. 카시아스의 말에 일리가 있지만 만에 하나 샤갈에게 알려지기라도 한다면 모두 죽은 목숨이 아닌가. 과연 워리어스들이 카시아스의 의견에 동의할지 알 수 없었다.

"일단 너희들은 이곳에서 얻은 마나 수련법은 중단해. 내가 마나 수련법을 따로 알려줄 테니까."

카시아스는 다른 워리어스들에 앞서 샤막과 로베르토에게는 자신만의 마나 수련법을 전해주기로 했다. 자신이 수련했던 것과 똑같은 것이다.

"뭐, 일단은 그렇게 하자. 하지만 분명히 말해둘게. 그전에 가주가 내게 기회를 주면 난 가주와 약속한 대로 할 생각이다."

샤막은 일단 카시아스의 의견에 동의했지만 언제든 먼저 떠날 수 있다는 걸 분명히 했다. 카시아스를 위해서 쥴리아를 내팽개칠 수는 없기 때문이다.

"그전에 쥴리아의 상황부터 파악하고 생각해 보자."

"알았다."

카시아스는 일단 샤막이 경솔한 선택을 하지 못하도록 했다.

"나도 일단은 알겠구마이. 자세한 이야기는 또 하자. 우리끼리 너무 오래 있으면 의심 받을지도 모르니까."

로베르토도 일단은 카시아스의 의견에 동의했다. 가능성은 적었지만 정말 워리어스들이 힘을 모을 수만 있다면 불가능한 일은 아니었기 때문이다.

"그럼 난 우리 애나한테 가서 뽀뽀나 해부러야지. 흐흐."

로베르토는 애나를 생각하자 벌써부터 달아오르기 시작했다.

"하여간. 나도 간다. 나중에 또 이야기하자."

"그래, 잘 생각해 봐."

샤막과 로베르토가 나가자 카시아스는 조용히 눈을 감았다. 세르게이의 마지막 모습이 선명하게 그려졌다.

CHAPTER
07

기구한 인연들

WARRI⊕RS

별관은 모처럼 만난 워리어스와 짝들 간의 애틋한 만남으로 뜨거워졌다. 몇 달에 한 번 가지는 만남이었고, 오늘이 마지막이 될지도 몰랐기에 마음은 더 애틋하다.

소환수든 투견이든 이제 바깥세상과는 영원한 단절이었기에 느끼는 고독감과 두려움은 마찬가지다. 심적으로나 육체적으로 기댈 곳이 있다는 건 워리어스들이 생존을 건 사투에서 버티게 해주는 가장 큰 계기임에는 틀림없었다.

"샤막, 당신 때문에 얼마나 놀랐는지 알아요?"

"걱정했어?"

리아는 눈물이 그렁그렁했다. 샤막이 죽기 직전까지 갔다 왔다는 걸 들었기 때문이다. 샤막이 죽었다면 리아의 삶도 거기서 함께 끝나는 것이다.

또한 리아도 이곳에서의 노예 생활을 버틸 수 있게 기댈 어깨를 주는 사람은 샤막이 유일하다. 워리어스와 짝은 서로에게 없어서는 안 되는 존재가 되어가고 있었다.

"그럼요. 내겐 당신뿐인 걸요. 당신이 돌아오지 않는다면… 난 살 수 없을 거예요."

리아는 샤막의 얼굴을 어루만지며 걱정스러운 표정으로 말했다.

"내가 뭐라고 그렇게까지 말해?"

샤막은 그런 리아의 모습에 죄책감이 들었다. 가주 샤갈과의 약속 때문이다. 만일 샤갈이 기회를 준다면 이곳에서 나가게 되지 않는가. 샤갈의 약속에는 리아가 포함되지 않는다.

"당신은 내 전부예요."

리아는 샤막의 가슴을 파고들었다.

"내가 없어도 잘살 수 있을 거야. 너무 내게 집착하려고 하지 마. 너를 위해서."

샤막은 리아가 혼자서 꿋꿋하게 버텨내기를 바랐다. 마음 같아서는 함께하고 싶지만 그건 불가능했다. 조만간 이곳을 떠나야 하기 때문이다.

"당신이 없다면 저도 없는 걸요. 위리어스의 짝은 그런 운명이에요. 비록 내가 노예 신분이고 가주님의 명으로 당신의 짝이 되었지만 이제는 당신 여자예요. 그러니 그런 말은 하지 말아요."

"으음. 미안하군."

리아의 말 속에서는 진심이 느껴졌다. 어떻게 만남이 이루어졌든 지금은 인생의 동반자이자 영원한 짝이 된 것이다. 샤막은 더욱 미안한 마음이 들었다.

홀로 남겨질 리아를 생각하니 마음아 아팠다.

"미안하다니요? 당신이 이렇게 살아서 돌아와 준 것만으로도 난 너무 감사한걸요."

리아는 눈물을 감추고는 환하게 웃었다. 지금 이 순간만큼은 무엇도 부럽지 않은 리아였다.

"여러 가지로 미안해. 그리고… 앞으로도."

샤막은 리아의 머리칼을 부드럽게 쓸어주었다.

"샤막, 오늘 따라 이상해요. 아니, 피의 제전에서 돌아온 이후로 달라진 것 같아요. 무슨 일인지 말해주면 안 되나요?"

리아는 샤막이 달라졌다는 것을 알아챘다. 그건 여자의 직감이었다. 잘해주지만 미묘한 거리를 두고 있었기 때문이다.

"미안. 말할 수가 없어."

샤막은 천천히 고개를 저었다.

"떠날 건가요?"

리아는 뜬금없는 질문을 했다. 지금의 현실에서는 절대로 상상하기 힘든 내용이다.

"그, 그게 무슨 말이야? 워리어스라고 해도 나 역시 노예의 신분. 내 마음대로 떠날 수가 없잖아?"

샤막은 순간 뜨끔했다. 샤갈의 경고가 떠올랐기 때문이다. 만일 비밀이 알려진다면 모두 죽게 될 것이다.

"떠날 수 있다면 절 데려가실 건가요?"

"그건… 가능하다면……."

리아의 물음에 샤막은 자신있게 대답해 줄 수 없었다. 워리어스라고 해봐야 일반 노예와 다를 게 없었고, 막시무스를 처리한 후에 과연 살아남을지도 장담할 수 없었기 때문이다.

리아를 데려간다는 건 사실상 불가능했다.

"전 당신의 여자예요. 어떤 경우에도요. 설령 당신과 가주님이 마찰이 생겨도 저는 당신 편이랍니다."

리아는 자신의 생각을 솔직하게 털어놓았다.

"훗. 가주와 마찰이 생기면 내가 무사하겠어?"

샤막은 이야기가 너무 무거워지지 않도록 웃음 지으며 농담처럼 받아들였다.

"무사하지 못하겠지요. 하지만 혼자 보내지는 않을 거예요. 같이 죽어요."

하지만 리아는 너무나 진지했다. 리아의 눈동자 속에는 어떤 결연한 의지 같은 게 엿보였다.

"리, 리아, 우리가 만난 지 얼마나 되었다고 그 정도까지……."

단순히 잠시 동안 외로움을 달래줄 정도로만 여겼던 리아가 이렇게까지 나오자 샤막은 당황했다. 샤막의 마음속에는 언제나 줄리아가 있었고, 지금은 바깥세상과 단절되었기에 그저 적응하려고 노력할 뿐이다. 리아의 존재도 그런 것이다. 줄리아처럼 리아를 자신의 여인이라고 생각해 본 일은 없지 않은가.

하지만 리아의 진지한 모습에 샤막은 죄책감도 들었지만 그보다는 리아의 진실한 마음에 닿았던 마음도 흔들리고 있었다.

"말했잖아요. 제겐 당신이 전부라고. 여기 있는 워리어스의 짝들은 전부 저와 같은 마음일 거예요."

"으음. 비밀을 지켜줄 수 있어?"

샤막은 리아에 대해서 잘못 생각하고 있었다는 걸 깨달았다. 리아는 창부가 아니다. 그저 잠깐 자신의 성욕을 해결하는 수단이 아닌 것이다. 함께할 짝이 아닌가.

샤막은 목숨까지 끊겠다는 각오를 한 리아에게는 사실을 말해줘야겠다고 생각했다.

"그럼요. 저는 곧 당신인 걸요."

리아는 단단히 각오한 얼굴이다.

"어쩌면… 이곳을 떠나게 될지도 몰라."

"설마… 도망을…….."

샤막의 말에 리아의 얼굴이 딱딱하게 굳어졌다. 지금껏 도망가는 걸 시도한 워리어스는 많았다. 하지만 단 한 명도 성공한 워리어스는 없었기 때문이다.

"아니. 자유를 얻어서."

"자유요? 어떻게요? 킹 오브 워리어스가 되지 않는 이상은 불가능한 일 아닌가요?"

리아는 놀라면서도 의아했다. 이번 피의 제전은 난장판이 되었지 않은가.

"가주와 약속했어. 어떤 일을 하나 해결해 주는 대신 내게 자유를 주기로."

"누군가를… 죽이는 건가요?"

리아도 그만한 대가가 무슨 일인지 짐작할 수 있었다. 위험한 일일 수밖에 없는 것이다.

"내게 시킬 일이라는 게 그런 것 외에는 없겠지."

"가주님을 믿으세요?"

리아는 더욱 걱정스러운 얼굴로 물었다.

"믿어야겠지. 내겐 선택의 여지가 없으니까."

"거절하면 되잖아요? 설마 어떤 일인지 들은 건 아니지요? 아니라고 말해요."

리아는 다급해 보였다. 안 좋은 생각을 하고 있는 것 같았다. 아무래도 집안일을 하다 보면 이런저런 일들을 보게 되지 않는가. 워리어스들보다 가주에 대해서 더 잘 알 수도 있었다.

"대충은."

"상대가 누구인지도 들었나요?"

"그래."

걱정하는 리아와는 달리 샤막은 담담했다.

"누군가요? 제발 말해주세요."

"으음. 오로도스 가문의 막시무스."

"헛! 그, 그게 정말인가요?"

리아의 두 눈이 부릅떠졌다. 오로도스 가문의 막시무스를 모르는 사람이 어디 있겠는가. 리아가 걱정하던 것 중 최악의 상황이 되어버렸는지도 몰랐다.

"그래. 시기가 언제가 될지는 모르겠지만 기회가 곧 생길 거야. 가주가 만들어주겠지."

"상대가 그런 대단한 사람이라면… 지금 와서 거절한다고 해도 당신을 그냥 두지는 않을 거예요."

리아의 어깨가 축 처졌다. 이미 엎질러진 물이 된 것이다.

샤막에게는 이제 선택의 여지가 없는 셈이다. 싫든 좋든 가주가 원하는 대로 할 수밖에 없었다.

"그렇겠지. 입막음 차원에서도 날 죽이겠지."

"설령 성공한다고 해도 마찬가지예요."

리아는 제법 현명했다. 샤막이 놓인 처지를 단번에 이해했다. 카시아스와 마찬가지로 샤막이 성공하든 실패하든 가주가 샤막에게 자유를 주지 않는다고 본 것이다.

"가주는 적어도 신의는 아는 사람 같았어. 약속을 어기지는 않을 거야. 그는 명예를 중요시하는 사람이니까."

하지만 샤막은 샤갈을 꽤나 좋게 평가했다. 비록 노예이지만 상당히 존중해 주고 있지 않은가. 이렇게 짝까지 지워주고 훈련 외에 노역도 시키지 않는다.

훈련한 만큼, 실력이 향상된 만큼 항상 보상을 해주었고, 함부로 워리어스들을 대하지 않는다.

대대로 워리어스 양성소를 운영하며 명예로운 호칭에 자부심을 가지고 있느니만큼 스스로 한 약속을 어길 정도의 인물은 아니라고 판단한 것이다.

"바보군요, 당신도. 아니, 이곳에 있으면서 워리어스라는 허울에 물든 건가요?"

리아는 고개를 저었다. 샤막이 이곳에 온 지도 삼 개월이 조금 지났고, 어느샌가 점점 동화되어 버린 것이다.

"그게 무슨 말이야?"

샤막은 리아의 말을 잘 이해할 수 없었다.

"당신은 소환수가 아니라 투견이잖아요? 그리고 기사 출신
이라면서요? 그럼 사정을 잘 알 텐데 어떻게 그런 생각을 하
세요? 워리어스들이 서로를 죽여가면서 피를 흘리고 목숨을
흘리는 이유가 시민들의 흥을 돋우기 위해서라는 걸 잊었나
요? 고작 재미로 사람을 죽이는 사람들에게 무슨 명예를 찾나
요?"

리아는 정곡을 찔렀다. 이는 샤막이 개미굴에서 나와 이곳
으로 오는 동안 가졌던 생각이다. 기사로 있을 때에도 워리어
스들이 명예로운 자들이라고는 단 한 번도 생각한 일이 없지
않은가.

다른 사람의 쾌락과 흥미를 위해 서로를 잔인하게 죽이도
록 하는 자에게 명예를 바라는 게 얼마나 어리석은지 누구보
다 잘 알던 샤막이 이제는 스스로 명예를 찾고 있다.

삼 개월 남짓한 생활에 그를 점차 바꿔놓은 것이다.

"으음. 리아는 가주가 약속을 지키지 않을 거라고 생각
해?"

리아에게 정곡을 찔린 샤막은 뜨끔했다. 잠시 잊고 있었던
것이다. 이들이 얼마나 잔인하고 짐승 같은 자들인지, 웃음
띤 얼굴과 와인 한잔에 까마득하게 잊어버린 것이다.

"제가 여기 얼마나 있었는지 아세요?"

"글쎄. 리아도 본래 노예는 아니라고 했으니까 한 몇 년?"

"제 나이 지금 스물이에요. 이곳에 온 지 딱 십이 년이 되었네요."

리아의 눈동자가 흔들렸다. 리아는 한시도 어린 시절을 잊은 적이 없었다.

"그럼 여덟 살 때 팔려 왔다는 거야?"

샤막은 무척 놀랐다. 평민이었다고 해서 최근에 팔려온 줄 알았는데 아무것도 모르는 여덟 살 때라니 얼마나 고생을 했을지 안쓰러웠다.

"일곱 살 때예요. 일 년간은 노예상인을 따라다녔고, 여덟 살이 되었을 때 이곳 클라니우스 가문으로 팔려왔어요. 저는 처음부터 워리어스의 짝으로 예정되었고, 그간 집안일을 도우며 살아왔어요. 그리고… 그 시간 동안 많은 일을 보고 들었지요."

리아는 처음 노예가 된 이야기부터 클라니우스 가문에서의 일들을 말해주었다.

"지금까지의 경험으로는 가주가 믿을 사람이 못 된다?"

"가주님은… 이익이 된다면 무슨 일이든 하는 분이세요. 반면에… 손해를 보는 일은 절대로 하지 않아요. 아니, 그럴 가능성조차 남겨두지 않아요. 무척 철두철미하고 또 계산적인 분이세요. 그런 분이 언제 입을 열지 모르는 당신에게 자유를 줄까요? 절대로 사람을 믿는 분이 아니세요. 갑작스레 사라졌다가 고문을 받고 죽은 워리어스들이 있었어요. 도망가다 잡혔다고 했지만 언니들의 이야기로는 그게 아니라고 해요. 그들은 절대로 도망갈 사람들이 아니었다고."

리아는 지금과 비슷한 일들을 이야기했다. 리아도 워리어스의 짝으로 예정되어 있었기에 어느 정도 자란 후에는 별관에서 생활했다.

워리어스의 짝들과 이런저런 이야기들을 나눌 기회가 많아서 그들의 삶의 애환에 대해서 많이 알게 된 것이다.

샤갈은 필요하다면 무슨 일이든 할 수 있는 인물이었고, 그들에게 워리어스는 노예 그 이상도 이하도 아니다. 리아는 절대로 샤막에게 자유를 주지 않을 것이라 확신했다.

"내게는 선택의 여지가 없어. 당신도 말했지만 이미 거절하기에도 늦었으니까."

리아의 이야기를 듣자 샤막의 마음도 많이 기울었다. 사실 스스로도 그렇게 생각하고 있었다. 다만 약속을 지켜주기를 바랐을 뿐이다. 너무 간절히 바라다 보니 모든 걸 긍정적으로 생각하게 된 것이다.

"도망가세요. 차라리 그게 낫겠어요. 어차피 죽을 거라면 적어도 싸우다 죽어야지요. 저도 함께하겠어요. 마지막은 같이 죽어요."

리아는 단호했다. 그렇게나 여리게 보이는 여인이 사랑 앞에서는 누구보다 강했다.

"리아, 당신까지 위험에 빠뜨릴 수는 없어. 그리고… 난 밖으로 반드시 나가야만 하는 이유가 있어."

샤막은 리아에게 해가 되는 일은 하고 싶지 않았다. 자신을 위해 목숨까지 내버리려는 리아에 비해 자신은 리아가 아닌 줄리아를 위해 모험을 감수하려고 하지 않는가.

"여자 때문인가요?"

"미안해."

리아는 이미 눈치챈 듯했다. 샤막은 차마 리아의 눈을 마주할 수가 없었다.

"아니에요. 과거야 어찌 되었든 지금 전 당신의 여자잖아요. 상관없어요."

리아는 줄리아에 대해서는 크게 반응하지 않았다. 바깥세상과 이곳은 단절되어 있었고, 다시 이어질 수는 없었기 때문이다.

"내가 나가서 도와줘야만 해."

"이야기를 들을 수 있을까요? 당신의 사연을?"

리아는 샤막이 목숨까지 걸려고 하는 줄리아와의 관계가 궁금했다. 이제 바깥세상은 존재하지 않는 세상이다. 미련을 가질수록 힘들어지는 것이다.

"그래. 말해주지. 내가 왜 여기까지 오게 되었는지. 나는……."

샤막은 쥴리아와의 인연을 시작으로 노예상인 로비우스와의 악연과 개미굴을 거쳐 여기까지 오게 된 이야기를 해주었다.

"그랬군요. 당신의 지금 심정이 어떨지 다는 모르겠지만 짐작할 수 있어요. 당신이 얼마나 조급한지도."

리아는 샤막의 이야기를 듣고 나자 왜 이렇게 나가려고 애를 쓰는지 알 것 같았다. 이번에 죽을 뻔한 것도 로비우스의 사주라면 쥴리아에게도 충분히 해를 끼쳤을 가능성이 높았기 때문이다.

"나는 반드시 나가야만 해. 로비우스 그놈이 살아 있는 한 쥴리아는 절대로 무사하지 못할 거야."

샤막은 어떤 위험을 감수하더라도 나갈 생각이었다. 이제는 잊고자 했지만 그건 그녀와의 사랑을 잊으려 했던 것이다. 그녀의 위험까지도 모른 체할 수는 없었다.

"모험을 해야겠군요. 적어도 가주가 이곳에서는 내보내 줄 테니까요. 모두가 보는 데서 당신을 해치지는 않을 거예요."

리아는 샤막을 말릴 수 없다는 것을 알았다. 설령 말린다 해도 샤막의 마음은 쥴리아에게로 가 있을 것이다. 리아는 샤막이 무사히 성공하기를 바랐다.

"만일 가주가 날 해치려 한다고 해도 순순히 당하지는 않아. 내게도 비장의 수가 있으니까."

"꼭 당신의 소망을 이루기를 바랄게요. 그 후에… 저를 데리러 와주실 수 있나요?"

리아의 눈동자가 흔들렸다. 자신에게 남자는 오직 샤막뿐. 샤막이 돌아와 주지 않는다면 리아는 더 이상 버텨낼 자신이 없었다.

"물론. 어떻게 해서든 당신의 자유를 사겠어. 날 믿고 기다려 줘. 반드시 돌아올게."

샤막은 쥴리아의 손을 꼭 쥐었다.

"제 운명은 이미 당신에게 맡겼어요."

쥴리아는 부드러운 미소를 지으며 샤막에게 다가갔다.

"리아!"

"샤막!"

둘은 서로를 바라보았다. 서로를 원하는 마음이 절실히 느껴졌다.

*   *   *

"우리 애나! 아이고, 귀여운 것!"

쪽쪽쪽.

로베르토는 애나를 안고는 여기저기 뽀뽀하느라 정신이
없었다. 여기로 끌려오면서 불만투성이였던 로베르토에게
애나는 삶의 활력소이자 유일한 안식처였다.

"어머, 로베르토! 초저녁부터 이럼 못써욧!"

애교가 유달리 많은 애나는 로베르토의 엉덩이를 꼬집으
며 나무라듯 말했다. 하지만 눈은 웃고 있었다.

"흐흐흐, 초저녁이고 자시고 내가 우리 애나를 얼마나 보
고 싶어했는지 모르는감?"

로베르토는 애나를 안고는 이리저리 뛰어다녔다. 거구의
로베르토에 비해 애나는 작고 호리호리했으니 마치 고목나무
에 매미가 붙어 있는 것 같았다.

"호호호, 왜 모르겠어요? 저도 얼마나 보고 싶었는데요."

"정말이여?"

"그럼요. 당신이 살아 돌아와서 너무 기뻐요."

애나도 로베르토가 자신을 예뻐해 주는 게 너무나 좋았다.
애나에게도 유일한 낙은 이렇게 몇 달에 한 번 로베르토를 만
나는 날이다. 적어도 이날만큼은 노예라는 신분에서 조금은
자유로울 수 있지 않은가.

노예가 아닌 한 사람의 인간으로서 마음이 가는 대로 행동
할 수 있는 자유. 애나는 자신을 끔찍하게 생각해 주는 로베

르토에게 마음을 완전히 주었다.

"흐흐흐, 우리 애나가 기다리는데 당연히 살아와야지. 걱정하지 말드라고. 절대로 죽지 않을 테니께."

"약속해 줘요. 정말이죠?"

"그럼, 그럼. 우리 애나하고 한평생 살아야제. 아이고, 이뻐라!"

"당신도 참."

스르르륵.

"흐흐흐!"

애나의 옷이 아래로 내려가자 로베르토는 능글맞은 표정으로 달려들었다.

*   *   *

환락의 거리.

쫘아아악!

"아아악!"

뺨을 맞은 여인의 몸이 휘청거리며 벽을 향해 내동댕이쳐졌다. 그녀는 샤막이 사랑했던 여인 줄리아였다. 알몸인 채로 여기저기 구타를 당해 입술은 찢어지고 온몸엔 멍 자국이 가득했다.

"이년이 어디서 뻐팅겨? 어이, 마담! 여기 서비스가 왜 이 모양이야? 사람 우습게 보는 거야?"

때리는 걸로는 성에 차지 않았는지 거구에 지저분한 수염을 기른 사내는 매음굴의 마담에게까지 따지고 들었다.

"그럴 리가요? 잠시만 기다려 주시면 확실하게 교육시켜서 서비스해 드릴게요."

마담으로 보이는 중년의 여인이 얼른 달려와서는 굽실거렸다. 매음굴에서 이런 소동은 비일비재했다. 마담은 사내의 비위를 맞추며 좋게 좋게 풀려고 했다.

"내가 시간이 남아도는 줄 알아?"

"잠시면 된다니까요. 이년이! 이리 와!"

"아악!"

마담은 줄리아의 머리채를 휘어잡고는 다른 방으로 끌고 갔다. 줄리아는 다리에 힘이 없는지 제대로 서지도 못한 채 여기저기 부딪치며 끌려갔다.

그 방에는 매섭게 생긴 사내가 앉아서 술을 마시고 있었다. 그는 이곳에 소란이 있을 때 해결해 주는 매음굴 기둥서방으로 로비우스의 특별한 지시로 줄리아를 중점적으로 관리했다.

그의 이름은 발락. 매음굴에서는 독하기로 소문난 악종으로 여자들이 가장 두려워하는 인물이었다.

"이년이 또 삐팅긴 모양인데, 교육 좀 잘 시켜봐! 누구 장사 말아먹을 일 있어? 반반하고 해서 하는 수 없이 받아줬더니 이럼 곤란하지. 난 땅 파먹고 사는 줄 알아?"

마담은 불평을 늘어놓았다.

"어이, 마담! 로비우스님 특별 당부라잖아. 어쩌겠어?"

발락은 대수롭지 않게 말했지만 표정은 별로 좋아 보이지 않았다.

"그럼 장사라도 할 수 있게끔 만들어주던가."

마담은 눈을 흘겼다.

"알았다니까. 금방 만들어놓을 테니 가서 일봐!"

"자꾸 이러면 나도 어쩔 수 없어."

"어허, 알았다니까."

마담의 잔소리가 귀찮았는지 발락은 인상을 쓰며 언성을 높였다. 마담은 구시렁대다가 슬그머니 방을 나왔다.

쫘아아악!

"아아악!"

발락의 거친 손바닥이 쥴리아의 볼을 사정없이 후려쳤다. 쥴리아의 고개가 홱 돌아가며 벽에 부딪쳤다.

"이년아, 살기 싫어? 그냥 죽여줄까?"

발락은 쥴리아의 머리채를 움켜쥐고는 험상궂은 표정으로 으름장을 놓았다.

"부탁이에요. 오늘은 몸이 너무 아파서……."

줄리아는 목소리도 잘 나오지 않는 걸 쥐어짜서 사정을 했다. 눈이 반쯤 풀린 것이 정말 상태가 안 좋아 보였다.

쫘아아악!

"아아악!"

다시 한 번 발락의 거친 손이 줄리아를 후려쳤다. 줄리아는 힘없이 벽으로 내동댕이쳐졌다.

"이년아, 니가 컨디션 좋을 때 안 좋을 때 따질 처지냐? 안 되겠다. 너 오늘 그냥 죽자!"

발락은 줄리아가 약한 모습을 보이는 게 짜증이 치밀었는지 목덜미를 움켜잡고는 들어 올렸다. 오늘 제대로 매운 맛을 보여줄 참이다. 죽이지만 않으면 되지 않는가.

로비우스의 지시는 매음굴의 여자들 중에서 가장 혹독하게 굴리라는 것이니 부담은 없었다.

"컥, 컥! 정, 정말이에요. 진짜 너무 아파서… 흐윽!"

줄리아는 목덜미를 잡히자 숨이 턱턱 막혔다. 하지만 온몸의 힘이 빠지고 나른한 것이 상태가 너무나 안 좋았던 것이다.

퍼어억!

"끄으으으."

발락의 주먹이 줄리아의 복부에 틀어박혔다. 줄리아의 몸이 급격히 휘어졌다. 쥴리아는 정신이 아득해지며 몸이 굳어졌다.

퍽! 퍼퍼퍽!

"아악! 제, 제발……."

이어지는 마구잡이 구타. 발락은 그 거대한 체구로 사정없이 밟고 차기 시작했다. 쥴리아는 뼈가 끊어질 것 같은 고통에 사정했지만 발락의 억센 발길질은 계속되었다.

"이년이 끝까지. 얼른 잘못했다고 안 빌어? 썅! 니년 때문에 내가 허구한 날 여기 처박혀 있어야 돼?"

퍽! 퍼퍽!

발락은 때리면서 더 흥분하기 시작했다. 이제는 밟고 차는 것만 아니라 잡아 올려서는 주먹으로 때리기 시작했다. 장사에 방해가 될까 봐 얼굴은 때리지 않고 가슴과 복부, 그리고 허벅지만을 골라서 때리고 찼다.

"잘, 잘못했어요. 그만……."

쥴리아는 너무나 고통스러운 나머지 빌기 시작했다. 하루에 몇 번씩 맞으면서도 전혀 적응이 되지 않는다. 맞으면 맞을수록 더 아프고 무서웠다.

"후욱후욱! 썅년이 꼭 매를 벌어요. 너 이따위로 나오면 로비우스님에게 바로 고할 거야. 그럼 어떻게 되는지 알지? 니년 자식새끼는 바로 이거야."

스으으윽.

발락은 때리는 걸 멈추고는 쥴리아를 협박했다. 손으로 목을 긋는 시늉까지 하자 쥴리아는 기어와 매달렸다.

"잘, 잘못했어요. 다신 안 그럴게요. 제발 말하지 말아주세요. 뭐든 시키는 대로 할게요."

쥴리아는 울며불며 발락의 다리를 잡고 애원하기 시작했다. 어떻게든 아들만큼은 살려야 했기 때문이다.

"진작 이렇게 나오면 좋잖아. 니년 하루 일거리는 이미 정해져 있고, 우린 무조건 채워야 한다고 몇 번을 말해야 알아듣냐? 니년이 삐팅기는 바람에 내가 무슨 개고생이냐고? 누가 보면 내가 니년한테 강제로 시키는 것 같잖아? 그래, 안 그래?"

"시키는 대로 다 할게요."

발락은 짜증 섞인 목소리로 소리쳤다. 발락의 입장에서는 짜증이 날 만도 했다. 발락이 여자들을 막 굴리기는 해도 손님을 받을 만큼의 상태는 유지하는 선에서다.

물론 그 선이 다른 가게에 비하면 턱없이 높기는 하지만. 그런데 쥴리아에게만은 발락도 함부로 할 수가 없었다.

쥴리아가 하루에 몇 명을 받아야 하는지는 이미 로비우스를 통해 지침이 내려왔고, 발락은 그 양을 달성해야만 한다.

로비우스가 어떤 인간인가. 아무리 악종으로 소문난 발락이라고 해도 로비우스에 비할 바는 아니었다.

로비우스에게 잘못 보이면 그날로 발락은 끝장이다. 누구의 손에 죽을지, 아니면 어떤 곳에 노예로 팔려갈지 알 수가 없다. 발락도 로비우스의 눈치만큼은 봐야 하는 입장인 것이다.

"니년이 약속했다며? 잘한다고. 자꾸 이딴 식으로 나오면 우리도 별수 없어. 우린 땅 파먹고 장사하냐? 니년 받는 대신 다달이 세금으로 바치는 게 얼만 줄 알아? 반반해서 인기 좀 있겠다 싶었더니 하는 짓거리가 영. 어디서 순진한 아가씨 행세야? 로비우스님한테 경을 치더라도 니년은 보내 버리고 말 거야. 알아들어?"

발락은 아직도 분이 안 풀렸는지 고래고래 소리를 지르며 줄리아를 발로 툭툭 찼다.

그렇다. 로비우스가 줄리아를 지침대로 돌렸는지 확인하는 방법은 간단하다. 줄리아가 상대한 손님만큼의 화대 중 반을 가져갔기 때문이다.

만일 줄리아가 그만큼 손님을 받지 못하면 발락은 자신의 돈으로 메워야 하는 것이다.

로비우스에게 바쳐야 할 액수가 정해져 있었기에 그만큼을 벌려면 발락은 줄리아를 어떻게든 굴릴 수밖에 없었다.

"정말 잘할게요. 그러니 한 번만 용서해 주세요. 다시는 안 그럴게요. 정말이에요.”

줄리아는 빌고 또 빌었다. 어차피 아들을 살리고자 이곳에
오지 않았는가. 아무리 아파도 참기로 했다. 아니, 참아야만
했다. 삼 년 후에 다시 만날 날을 위해서도.

“그래? 그럼 어디 한번 볼까? 해봐!”

“네?”

발락이 의자에 걸터앉았다. 줄리아는 발락의 눈치를 살피
며 머뭇거렸다.

“쌍! 손님한테 하듯이 해보라고! 제대로 못하면 당장 로비
우스님한테 보내 버릴 테니까!”

발락은 버럭 고함을 치며 발로 차버렸다.

퍼어억!

“아아악! 네, 네. 지금 해드릴게요. 이쪽으로 누우세요.”

줄리아는 저만치 나가떨어졌다가는 얼른 일어나 발락에게
로 기어왔다. 줄리아는 발락이 무엇을 원하는지 잘 알고 있었
다. 그녀는 최선을 다해 발락을 즐겁게 하기 위해 노력했다.

“거봐. 하면 잘하잖아. 호호호.”

발락은 능글맞게 웃으며 줄리아의 엉덩이를 툭툭 쳤다.

CHAPTER
08

공동의 적인가, 잡아야 할 동아줄인가

오로도스 가문.

"가주님, 샤갈 가주께서 오셨습니다."

"음, 응접실로 안내하게."

"예, 가주님."

샤갈의 방문에 막시무스의 표정이 살짝 굳어졌다. 왜 왔는지 잘 알기 때문이다.

"여어, 샤갈! 잘 왔네. 그렇지 않아도 찜찜하던 차였는데."

막시무스는 반갑게 맞아주었다. 피의 제전 때 샤갈에게 했던 짓은 다 잊은 듯했다.

"뭐가 찜찜한데 그러나?"

샤갈의 말 속에는 뼈가 있었다.

"이번 피의 제전이 엉망이 되지 않았나? 게다가 난 세르게이를 잃었고. 자네 워리어스들에게 말이야."

막시무스는 자신이 입은 손해에 대해서 늘어놓았다. 무슨 일이 있었든 간에 결과적으로만 본다면 막시무스의 피해가 가장 컸던 것은 사실이다.

"실력이 안 되면 목숨을 내놓는 것이 피의 제전 아니었나?"

샤갈의 대답이 좋을 리가 없었다.

"물론이지. 하지만 레지스탕스의 습격으로 마나가 속박된 상태가 아니었나? 어차피 피의 제전은 엉망이 되었고, 세르게이는 충분히 죽일 수도 있었지만 그냥 살려주었지. 그런데도 그리 비겁하게 등을 노렸으니 하는 말 아닌가?"

막시무스는 테일러와 야콥의 비열함에 대해서 지적했다. 클라니우스 가문의 최강자 둘의 합공에도 어찌할 수 없을 만큼 강했던 세르게이를 허무하게 잃었으니 심사가 뒤틀린 만도 했다.

"비록 레지스탕스의 습격이 있었지만 시합이 중지된 건 아니지 않나? 워리어스들이 끝까지 시합에 임한 것은 그만큼 사명감이 투철해서 벌어진 일이라고 생각하네. 물론 세르게이의 죽음은 안타깝지만 그걸로 나를 탓해선 곤란하지."

샤갈은 테일러와 야콥의 행위에 대해서는 당연하게 받아들였다. 피의 제전은 타의로 중단된 것이지 공식적으로 중단을 선언한 일은 없지 않은가.

오로도스 가문의 최강자를 제거한 것에 대해서 샤갈은 무척 만족해했다.

"뭐, 기왕 벌어진 일인데 탓해서 뭐하겠나? 다만 세르게이를 대신할 워리어스를 키우려면 꽤나 시간이 필요하니 그렇지."

막시무스도 세르게이와 관련해서는 일단 마무리 지었다. 아무리 대단한 워리어스라고 해도 이들에게야 그저 노예일 뿐이 아닌가. 또다시 운이 따른다면 개미굴에서 사오면 되는 것이다.

"나도 자네에게 확인할 일이 있는데."

샤갈의 눈매가 날카로워졌다.

"일단 앉지. 뭐 그리 급한 일이라고 서서 이러나? 차 한잔 마시면서 이야기하지. 나도 할 이야기들이 있으니까."

"그럼 앉아서 이야기하지."

막시무스는 웃으며 분위기를 좋게 이끌었다. 얽히고설킨 사이지만 그래도 친구 아닌가.

"무슨 일인가? 표정이 별로 좋지 않은데."

막시무스는 영문을 모르겠다는 표정으로 물었다. 알면서도 시치미를 뗀 것이다.

"모르는 체할 건가? 자네 입으로 말하게. 기회를 주겠네."

샤갈은 순간 울컥했지만 최대한 인내하며 말했다.

"기회라……. 이거 겁나는구만."

막시무스는 호들갑을 떨며 놀란 척했다. 샤갈은 비장한 각오로 왔지만 막시무스는 장난스럽게 받아넘겼다.

"지금 내가 장난하는 걸로 보이나?"

샤갈은 더는 못 참겠는지 성난 표정으로 언성을 높였다.

"아아, 너무 흥분하지 말게. 자네가 뭐 때문에 그러는지 아니까. 일단 진정하라고."

샤갈이 격하게 나오자 막시무스는 웃으며 샤갈을 달랬다.

"안다? 나를 엿 먹이려 수작을 부려놓고 지금 할 말인가?"

샤갈은 그런 막시무스의 모습에 더욱 울화가 치밀었다. 지금 샤갈은 막시무스를 제거할 생각까지 하고 있는데 막시무스는 전혀 심각성을 모르는 눈치다.

"나는 세르게이를 잃었네. 그에 비하면 신참 하나쯤이야 뭐가 대순가? 게다가 살아나지 않았나?"

"지금 그걸 말이라고 하나? 내 워리어스들을 감히 매수해서 조종하려 들어?"

막시무스가 자신의 손해를 들먹이며 대수롭지 않은 듯 반응하자 샤갈은 속에 끓어오르던 것이 터져 나왔다. 샤갈의 눈에서는 살기가 번뜩였고 당장에라도 막시무스에게 달려들 기세였다.

"진정하게, 진정해. 나도 사정이 있었으니까."

막시무스는 손을 내저으며 다급하게 말했다.

"그 사정, 어디 한 번 들어보지."

샤갈은 차가운 표정으로 막시무스를 응시했다. 지금의 대답 여하에 따라서 막시무스의 운명이 결정되리라.

"휴우우, 결국은 이렇게 될 줄 알았지. 뭐, 자네나 나나 위에서 시키면 별수 있나? 해줄 수밖에. 자네에게 미리 말하지 않은 건 미안하네. 하지만 선택의 여지가 없었다네."

막시무스는 긴 한숨을 내쉬며 어쩔 수 없는 사정이라고 변명했지만 샤갈이 받아줄 리가 없었다.

"선택의 여지? 자네가 뇌물을 받았다는 걸 아는데?"

샤갈은 막시무스의 변명에 더욱 화가 치밀었다. 언제부터 노예상인 로비우스의 눈치를 보며 살았던가.

"물론 받았네. 하지만 받을 수밖에 없었네."

"흥! 말장난을 하자는 건가?"

"자네라면 시장님의 청을 거절할 수 있겠나?"

샤갈의 냉담한 반응에 막시무스는 어쩔 수 없이 사정을 설명했다. 형식적으로는 뇌물을 받아 한 것 같지만 실은 로비우스와의 직접 거래는 아니었던 것이다.

"뭐, 뭐라? 시장?"

샤갈은 시장 아르메니우스가 거론되자 무척 놀랐다. 이번 일에 시장이 관련되어 있다고는 전혀 생각하지 못했기 때문이다.

"그렇다네. 자네와 대진표를 작성했던 날 밤에 은밀히 사람이 왔었네. 물론 시장님이 보낸 자였지."

막시무스는 시장과 거래하게 된 배경에 대해서 말해주었다.

"시장이 청한 것이라고?"

"그렇다네. 나로서도 거절할 수가 없었네. 만일 거절했다면 우리 오로도스 가문은 피의 제전에 출전할 기회를 잃었을 것이네. 어쩌겠나? 해줄 수밖에."

막시무스는 선택의 여지가 없었던 상황에 대해서 자세히 이야기했다. 비잔티움 시의 최고 책임자인 시장의 눈 밖에 난다면 피의 제전은커녕 콜로세움에도 서기 어렵게 될 것은 분명했다.

워리어스 양성 가문이 콜로세움에 서지 못한다는 건 더 이상 존립 가치가 없다는 걸 의미한다.

"으음. 정말인가, 시장의 청이었다는 게?"

시장이 직접 부탁한 거라면 막시무스로서도 선택의 여지가 없는 건 맞다. 샤갈은 막시무스에 대한 적대감이 한풀 꺾였다.

"물론이네. 내가 고작 로비우스 따위에게 뇌물이나 받고 자네의 워리어스를 매수할 사람인가? 뇌물을 받은 건 시장이 마련한 일종의 보험이었네. 차후에 일이 드러나도 자신은 빠지는 대신 내가 로비우스의 뇌물을 받고 벌인 일이라고 발뺌할 생각이겠지. 뭐, 내가 받은 것이야 새 발의 피고 정작 엄청난 이득을 챙긴 건 시장님이지."

막시무스는 아르메니우스 시장과 노예상인 로비우스와의 은밀한 관계에 대해서 이야기했다. 막시무스도 이번 일을 부탁 받은 건 그다지 달갑지 않은 듯 보였다.

위험한 리스크는 자신이 모두 부담하는데 정작 이득을 보는 사람은 따로 있기 때문이다.

"엄청난 액수를 쥐어준 모양이군."

"어디 재물뿐인가? 자네도 들어봤을걸. 시장님과 귀족원장님이 밤마다 질펀한 파티를 즐긴다는 걸."

막시무스는 살짝 목소리를 낮췄다.

"나도 들은 적은 있는 것 같은데?"

샤갈도 표정이 변했다. 시장이 밤마다 벌이는 파티에 대해서 고위층들을 통해 들은 일이 있었기 때문이다.

"낮에는 마치 시민들의 편에 서서 함께하는 것처럼 온갖 쇼를 다하지만 밤만 되면 황궁의 고위 귀족들도 자주 먹을 수 없는 최고급 와인에 예쁜 노예들을 불러다가 그야말로 환락의 밤을 보낸다더군."

막시무스는 아르메니우스 시장의 이중생활에 대해 말해주었다. 고위 관직자들이나 귀족들은 다 아는 사실이다. 그들 역시 한두 번은 즐겼기 때문이다.

"노예야 로비우스 그놈에게 넘쳐날 테고, 술값은 만만치 않겠군."

샤갈의 얼굴이 찌푸려졌다. 대충 무슨 와인인지 알고 있었다. 그 와인의 값이 얼마나 비싼지도.

노예보다 술값이 더 비쌀 것이다. 그런 와인을 그렇게 퍼마시며 파티를 즐기자면 엄청난 돈이 들어갈 것은 뻔하다.

"그뿐이 아니네. 이건 확실하지는 않지만 은밀히 들은 이야기로는 노예뿐만이 아니라고 하네."

"그럼?"

"평민은 물론 심지어는 시민들의 부녀자까지 납치해서 겁탈한다는군. 물론 로비우스가 술자리에 가져다 바치는 것이지. 시장님이 파티를 끊지 못하는 이유가 그 때문이라고 하더군."

막시무스는 은밀하게 벌어지는 밤의 파티의 진짜 이유에

대해서 말해주었다. 단지 술에 취해 노예와 즐기는 것은 굳이 파티를 열 필요도 없지 않은가.

아르메니우스가 헤어 나오지 못하는 이유는 따로 있었던 것이다.

"그, 그런 미친 작자가……. 평민이야 그렇다 쳐도 시민들이 가만히 있겠나?"

샤갈은 너무 황당해 할 말을 잃었다. 설마 평민과 시민들의 부녀자들을 겁탈한다고는 생각지도 못한 것이다. 이건 도가 지나쳐도 너무나 지나쳤다.

"쉬쉬하는 것이지. 마누라나 딸이 여러 명한테 겁탈당했다고 소문나 봐야 뭐가 좋겠나? 올 때는 두둑이 챙겨준다고 하니 그냥 입을 다무는 것이지. 평범한 부녀자들을 상대하는데 창부나 노예에 비하겠나? 시장님이 요즘 그 맛에 푹 빠진 듯하네. 실은 나도 그날 초대받아서 다녀왔다네. 색다르긴 하더군."

막시무스가 은밀한 파티에 대해서 자세히 알고 있는 건 직접 보고 겪은 것이다.

"자네도……. 으음. 시장님이 그렇게 빠져 있다면 로비우스 그놈 손아귀에서 놀아나겠군."

"뭐, 어쩔 수 없지. 우리가 어떻게 손쓸 수 있는 건 아니니까."

"기가 막히는군. 시장이라는 자가 어찌······."

샤갈은 머릿속이 복잡해졌다. 로비우스의 영향력이 생각보다 더 컸기 때문이다. 만일 로비우스와 무슨 일이 생긴다면 시장이 누구의 편을 들지는 자명했다.

로비우스는 시장에게 쾌락을 제공하는 대신 자신에게 유리한 정책을 집행하거나 여러 특혜를 얻는 것이다.

"그 외에도 로비우스는 시장에게는 필요한 자라네. 시장은 5년에 한 번 시민들의 투표로 선출되는 걸 알지 않나? 시민들의 마음을 움직이는 게 뭐가 있겠나? 콜로세움에서 사투를 벌이는 워리어스들, 그리고 시민들이 불편함 없이 생활할 수 있도록 공급되는 노예들. 이 두 가지를 장악하면 시민들을 장악한 것이나 다름없지. 시장은 노예상인들과는 알게 모르게 막역한 사이라네. 자네도 알지 않나?"

"아무리 그래도 시장이라는 자가 어찌 그런 일로 워리어스를 이용하려 드나? 워리어스는 오직 콜로세움에서만 피의 대가를 치르는 법이 아닌가?"

샤갈은 다른 건 몰라도 워리어스 암살에 관여한 일만큼은 용납할 수 없었다. 시장이 쾌락을 즐기든 뭘 하든 별 관심이 없었다. 샤갈은 오직 최고의 워리어스 양성 가문이라는 명예만을 추구하지 않았던가.

"내가 왜 자네 마음을 모르겠나? 하지만 정치라는 게 어디 그런가? 미리 말해두지만 시장 아르메니우스님은 무서운 사람이네. 언제나 사람 좋은 미소를 머금고 있지만 누구보다 계산적이네. 이익이 된다면 무슨 일이든 서슴없이 할 수 있고 또 해가 된다면 가차없이 제거하는 사람이라는 걸 명심하게."

막시무스는 친구로서 샤갈에게 충고했다. 이번 일로 괜히 시장에게 대항하거나 밉보여 봐야 샤갈이 얻을 건 없었다. 그저 모르는 척 넘어가 주는 게 시장에 대한 예의였고, 혹시 모를 불상사를 방지할 수 있는 현명한 선택인 것이다.

"으음."

샤갈은 절로 신음성이 흘러나왔다. 생각보다 일이 너무 커진 것이다. 로비우스를 제거하는 건 자칫하면 비잔티움 시가 발칵 뒤집어지는 일이 될 수도 있었다.

"아무튼 미안하게 되었네. 자네가 알아차릴 거라는 것도 이미 짐작하고 있었네."

막시무스는 터놓고 사과했다. 끝까지 비밀로 할 수 없다는 걸 알면서도 어쩔 수 없었던 것이다.

"시장의 청이라면 자네를 탓할 수만도 없겠지. 그럼 대진표는 어찌 된 건가? 그것도 시장의 청이었나?"

샤갈도 모든 사정을 알고 나자 막시무스에 대한 적대감은 없어졌다. 자신이라 해도 마찬가지의 선택을 할 수밖에 없기 때문이다.

"시장의 청이기는 하지만 그건… 내 책임도 일부 있다고 해야겠지. 인정하겠네."

"무슨 소리지?"

샤갈은 고개를 갸웃했다.

"갈라파고스 가문에서 요구한 것이네. 클라니우스 가문과 우리 오로도스 가문 중 한 곳과 시합하고 싶다고. 시장님께선 내게 로비우스에 대한 일을 청한 대신 갈라파고스 가문과의 대진표는 알아서 작성하도록 해주었네. 난 그래서 자네 가문을 상대로 정한 것이고."

막시무스는 클라니우스 가문과 갈라파고스 가문이 첫 시합부터 격돌하게 된 배경에 대해서 말해주었다.

"으음. 그것도 시장의 지시라……."

샤갈은 속에서 뜨거운 것이 점차 치밀었다. 이번 피의 제전에서 일어났던 모든 일이 시장 아르메니우스와 관련이 있었기 때문이다. 그렇게나 호의적인 척을 하더니 이렇게 뒤통수를 친 것이다.

"자네에겐 미안하게 되었지만 어쩔 수 없었다는 걸 알아줬으면 하네. 그래도 자네는 손해 본 게 없지 않나? 결과적으로 난 우리 가문의 최강의 워리어스를 잃었고, 비록 자네 워리어스들이 비겁하게 나왔지만 내가 자넬 탓하지 못했던 것도 그 이유라네. 그래도 다 말하고 나니 속은 시원하구만."

막시무스는 피의 제전과 관련되어 행해졌던 모든 일을 다 털어놓았다. 많은 손해는 봤지만 마음은 편했다.

"아르메니우스 이자가……."

샤갈은 시장 아르메니우스에 대한 적대감으로 불타올랐다. 아르메니우스가 계속 시장 자리에 있는 이상 이와 같은 일은 또 벌어질 것이다. 콜로세움은 워리어스들이 모든 걸 걸고 명예를 움켜쥐는 곳인데 이제는 그러한 기본적인 룰마저 깨지게 된 것이다.

"지금 시장님과 대립각을 세울 때가 아니네. 어차피 그쪽 바닥이 다 그렇지 않나? 우리는 지금 공동의 적을 맞은 상태라는 걸 알아야 해. 그러니 감정적으로 대응하지 말게."

막시무스는 샤갈의 흥분을 가라앉히며 보다 현실적인 문제에 대해서 이야기했다.

"공동의 적이라니?"

샤갈은 뭘 말하는지 이해하지 못했다.

"갈라파고스 가문 말이네."

"갈라파고스 가문? 그곳이 왜 공동의 적이란 말인가?"

막시무스가 지목하는 갈라파고스 가문에 대해서 샤갈은 별다른 관심을 둔 적이 없었기에 그의 말을 알아듣지 못했다. 어차피 태생이 다른 가문이 아닌가.

시장조차 함부로 할 수 없는 갈라파고스 가문을 적으로 삼는 건 오히려 시장을 적으로 삼는 것보다 더 위험한 일이었기 때문이다.

"이번 피의 제전을 시작으로 앞으로 콜로세움에서 벌어지는 모든 시합에 출전한다고 하네."

"갈라파고스 가문에서? 아무런 부족함이 없는 가문에서 왜?"

새로운 정보에 샤갈도 살짝 당황했다. 갈라파고스 가문이 본격적으로 콜로세움에 서게 된다면 또 하나의 경쟁 가문이 생긴 것이나 다름없기 때문이다.

"나도 모르지. 아마 자기들끼리 보고 즐기기에는 싫증이 났다고밖에. 문제는 그날 참가했던 워리어스들이 가장 약한 자들이었다는군. 진짜는 따로 있다고 하네."

"그게… 정말인가? 피의 제전에 참가했던 워리어스들의 실력이 상당하던데. 덕분에 우리도 꽤 피해가 컸네. 다섯을 잃었으니까. 그런데 가장 약한 자들이었다?"

막시무스의 이어지는 이야기는 샤갈을 크게 놀라게 만들었다. 오로도스 가문도 아니고 첫 참가인 갈라파고스 가문에 잃은 워리어스만 다섯이 아닌가.

그들의 실력이 생각보다 높아 놀랐는데 진짜 강자들은 따로 있다니 충분히 위협이 될 만했다.

어쩌면 갈라파고스 가문에 모든 영광을 내어줄지도 모르는 상황이 올 수도 있는 것이다.

"나도 시장님께 들어서 알게 된 것이네. 어쩌면 앞으로 콜로세움의 영광은 모두 갈라파고스 가문으로 돌아갈지도 몰라. 시장님은 갈라파고스 가문에 대한 기대가 굉장히 크더군."

막시무스의 얼굴도 그리 좋아 보이지는 않았다. 클라니우스 가문과 경쟁하는 것만도 신경 쓸 일이 많고 버거웠는데 전력조차 파악이 되지 않는 갈라파고스 가문과 삼파전을 벌인다면 지금처럼 양대 가문으로 존경받는 건 어려울 수도 있었다.

"그자야 시민들의 마음을 사로잡기만 하면 누군들 마다하겠나? 교활한 작자 같으니."

결국은 시장 아르메니우스에 대한 불만으로 이어졌다. 샤갈이 아르메니우스에 대한 감정이 좋을 리가 없었다.

"그렇겠지. 그래도 우리 가문들은 명색이 워리어스 양성 가문이 아닌가? 그런데 귀족 가문의 노리개로 지내던 워리어스들에게 패한다면 고개를 들지 못할 것이네."

막시무스도 똑같이 위기의식을 느끼고 있었다.

생사를 건 사투를 경험한 워리어스들과 그저 아는 사람들끼리 웃고 즐기기 위해 훈련시킨 워리어스가 같은 대우를 받는 것도 부당한데 안 좋은 결과까지 생긴다면 오로도스 가문이 그동안 쌓아왔던 명성은 그야말로 땅바닥에 곤두박질칠 판이었다.

"으음. 시장조차도 함부로 할 수 없는 가문에서 왜 콜로세움에까지 손을 뻗치려는지 당황스럽군."

확실히 갈라파고스 가문의 등장은 샤갈에게도 예상치 못한 골칫거리가 되었다.

"이제 우리 두 가문에서 임의대로 대진표를 작성하던 시절은 끝난 것 같네. 시장은 물론 귀족원장과 재판관까지 갈라파고스 가문의 눈치를 보는 마당에 무언들 못하겠나?"

"확실한 정보인가?"

"그렇다네. 시장님께 직접 들은 것도 있고 나름대로 알아본 것도 있네. 갈라파고스 가문에서 근래에 워리어스 양성에 엄청난 투자를 하고 있다더군."

샤갈이나 막시무스나 갈라파고스 가문에 꽤나 부담감을 느끼고 있었다. 그동안 알게 모르게 해왔던 자잘한 비리들로 두 가문이 얻은 이익은 꽤 크지 않는가.

이제는 오직 갈라파고스 가문의 뜻대로 모든 시합이 이루어질 것은 뻔했다. 더 이상 양대 가문의 기득권은 유지될 수 없는 것이다.

"지금 가주가 테세우스님 아닌가?"

"맞네. 작년에 아이게우스님이 떠나시고 가문을 물려받았지. 듣기로는 워리어스 못지않게 괄괄하다고 하네. 진짜인지는 모르겠지만 워리어스들과 함께 훈련을 한다는 말도 있고."

"테세우스님이 직접 말인가?"

막시무스의 이야기에 샤갈은 꽤나 놀랐다. 막시무스가 나름대로 많은 정보를 알아낸 모양이다. 무엇보다 테세우스라는 인물은 꽤나 독특해 보였다.

보통 워리어스들을 칭송하고 열광하지만 그건 콜로세움에 한했다. 그들은 천시 받는 노예가 아닌가. 시민들도 콜로세움 외에서는 그들과 마주치는 것조차 꺼려 할 정도다.

그런데 후작의 위를 가지고 있는 대단한 가문의 가주가 천한 워리어스들과 함께 훈련한다는 것은 그야말로 파격을 넘어서서 괴짜라고밖에는 생각할 수 없다.

"뭐 갈라파고스 가문이야 예전부터 그러고 놀았지 않나? 난 그저 구경만 하는 줄 알았는데 직접 워리어스들과 시합도 하나 보더군. 참, 가지가지 한다는 말이 딱 맞아."

막시무스는 테세우스의 그런 행동에 불만을 표했다. 가주와 워리어스들의 경계를 무너뜨리는 위험한 행동으로 봤기 때문이다. 가주의 권위가 서지 않으면 기가 센 워리어스들을 통제하는 데에 어려움이 많다고 본 것이다.

"언제 한번 만나봐야겠군. 만일 자네 말이 다 사실이라면 우리 두 가문 모두 큰 위기일 것이야."

샤갈도 갈라파고스 가문에 대해서 좀 더 자세히 알아볼 필요가 있다는 걸 깨달았다. 어쩌면 대를 이어온 가문의 노력이 수포로 돌아갈 수도 있는 것이다.

"나도 마찬가지 생각이네. 언제 한번 날을 잡는 게 어떻겠나?"

막시무스도 전적으로 공감했다.

"일단 갈라파고스 가문에 사람을 보내지. 그보다 로비우스와 관련된 자네 말이 모두 사실이겠지?"

"맞다니까. 내가 자네에게 왜 거짓말을 하겠나? 자네가 알아보면 금방 들통 날 일인데. 로비우스 그자가 원한이 사무친 모양이야. 듣기로는 그 신참 말이야. 샤막이라고 했던가? 그자의 여인을 매음굴에 처넣고 괴롭히는 것 같더군. 자식을 볼모로 해서 말이야."

샤갈이 확인 차 묻자 막시무스는 정색을 하며 자신이 아는 내용을 말해주었다. 막시무스도 아르메니우스의 부탁을 받은 후에 은밀히 알아본 모양이다.

"하는 짓거리가 진짜 쓰레기군. 이래서 노예상인 놈들하고는 가까이 지낼 수가 없다니까."

로비우스가 샤막에게 복수하기 위해 저지른 짓들을 알게

되자 샤갈의 얼굴이 잔뜩 일그러졌다. 명예를 추구하는 샤갈에게 로비우스는 파렴치한 쓰레기일 뿐이다.

"본래 그런 놈들 아닌가?"

"앞으로 어떤 경우에도 내 워리어스들에게는 접근하지 말게. 이건 경고네."

샤갈은 한 번 더 막시무스에게 으름장을 놓았다. 이번이야 어쩔 수 없었다지만 두 번째는 절대 용서하지 않을 생각이다.

"걱정하지 말게. 설령 같은 일이 생긴다면 그때는 자네에게 미리 귀띔함세. 되었나?"

"크흠. 그만 가보겠네."

막시무스는 고개를 끄덕이며 샤갈의 감정이 상하지 않도록 했다. 지금 샤갈과 틀어진다면 갈라파고스라는 공동의 적을 상대하는 데 불리한 상황을 초래할 수도 있었기 때문이다.

"모처럼 왔는데 술이라도 한잔하고 가지 그러나?"

"아니야. 처리해야 할 일들이 좀 있어서. 다음 기회로 하지."

"그럼 알겠네. 갈라파고스 가문에 대한 것 잊지 말게."

"날을 잡는 대로 연락하지."

샤갈은 볼일이 끝나자 지체하지 않고 나왔다. 오늘의 만남은 샤갈에게도 큰 의미가 있었다. 전혀 알지 못했던 정보들은 앞으로 클라니우스 가문이 이곳에서 살아남기 위해 무엇을 해야 하는지를 말해주었다.

*   *   *

클라니우스 가문 집무실.

이른 아침 외출한 총관 버나드는 저녁이 다 되어서야 돌아왔다.

"가주님, 분부하신 대로 알아보았습니다."

"막시무스의 말이 사실인가?"

"일단은 로비우스와 관련된 부분은 일치합니다. 로비우스가 쥴리아라는 여인을 겁탈했는데 그 때문에 샤막에게 팔이 잘린 것입니다. 그리고 지금 쥴리아라는 여인은 환락의 거리에 있는 매음굴에 있습니다. 로비우스가 직접 그곳으로 보냈다고 합니다. 알아보니 하루에 받아야 할 손님 숫자를 정해주고 반드시 할당량을 채우도록 했다고 합니다. 매음굴에서도 가장 혹독한 생활을 하고 있습니다."

버나드 총관은 쥴리아와 관련해 조사한 내용들을 보고했다. 막시무스의 말이 사실인지 확인하기 위해 샤갈이 지시한 것이다. 버나드는 로비우스는 물론 쥴리아에 대해서도 제법 상세하게 알아왔다.

"으음. 쓰레기 같은 놈. 자식이 있다고 하던데?"

버나드의 보고에 샤갈의 얼굴이 절로 찌푸려졌다. 아무리 쓰레기 같은 자라고 해도 그렇게까지 한 사람을 집요하게 괴롭힌다는 게 역겹기까지 했다.

"얼마 전 아들을 낳았다고 합니다. 그 아이는 로비우스의 집에 있는 것으로 파악되었습니다."

"여자는 매음굴에 처넣고 아이는 키워준다?"

로비우스의 엽기적인 행각에 샤갈은 기가 막혔다. 이건 사람이 할 짓이 아니었다.

"그게… 아이를 볼모로 해서 줄리아라는 여인이 딴생각을 하지 못하도록 만든 것 같습니다. 알아본 바로는 매음굴에서 가장 많은 손님을 받을 뿐 아니라 매질이 끊일 새가 없다고 합니다."

버나드의 보고는 막시무스가 말했던 내용 이상이었다. 로비우스는 한 사람을 완전히 파멸로 몰아넣은 것도 모자라 끊임없이 괴롭히며 고통을 주고 있는 것이다.

"팔이 잘린 데 대한 복수라는 건가?"

"그렇습니다. 샤막에게 복수하기 위해 아르메니우스 시장님께 상당한 재물과 노예들을 바쳤다고 합니다. 그밖에도 많은 것을 준 것 같지만 거기까지는 알아내지 못했습니다."

"결국 막시무스의 말이 사실이군."

"그런 것 같습니다."

샤갈은 막시무스가 그저 변명을 한 게 아니라는 걸 확인하게 되었다. 그렇다면 막시무스와 함께 공동의 적에 대응하는 건 충분히 생각해 볼 가치가 있었다.

"그럼… 어찌해야 되지? 막시무스에 대한 처벌은 그만두어야 하나? 이유야 어찌 되었든 내 뒤통수를 친 죄는 물어야겠지만."

샤갈은 망설였다. 갈라파고스 가문만 아니었다면 막시무스가 어쩔 수 없이 그랬더라도 소정의 대가는 치르게 할 생각이었다. 하지만 지금 막시무스가 없으면 갈라파고스 가문을 혼자 상대하는 건 역부족이었던 것이다.

"막시무스 가주님은 현재 가주님께 별 위협이 되지 않습니다. 최강의 워리어스 세르게이까지 잃었으니 콜로세움에서도 가주님의 명성을 넘보기도 어렵지요. 정작 시급한 문제는 따로 있습니다."

버나드는 막시무스를 제거하는 데에는 반대했다.

"갈라파고스 가문인가?"

"그렇습니다. 갈라파고스 가문이 본격적으로 콜로세움에 선다면 오로도스 가문과는 비교가 되지 않을 것입니다."

버나드도 갈라파고스 가문의 등장을 가장 큰 위협으로 보았다. 세르게이가 없는 오로도스 가문은 이전처럼 클라니우스 가문과 대등한 시합을 할 수 없을 것이고 당분간은 주목받지 못할 것이다.

하지만 갈라파고스 가문은 달랐다.

시장조차 편리한 대로 부릴 수 있는 가문에서 콜로세움을 장악하는 건 일도 아니었기 때문이다.

"갈라파고스 가문의 힘은 시장이나 귀족원장까지도 능가할 정도야. 우리가 견제할 수단이 있을까?"

샤갈도 갈라파고스 가문을 위협으로 느끼기는 하지만 막상 그들에 맞설 자신은 없었다.

"콜로세움에서는 어떤 권력도 의미가 없지요. 오직 워리어스의 강함으로만 판가름이 나는 곳입니다."

"그야 그렇지만… 이번에 보니 갈라파고스 가문의 저력이 예상외야. 가장 약한 워리어스라는 자들의 실력이 우리와 비교하더라도 상위에 비견될 정도였어."

"그 부분은 확인을 해봐야 할 것 같습니다. 막시무스님이 과장했을 수도 있고, 아니면 갈라파고스 가문에서 지나치게 허풍을 떨었을 수도 있는 일입니다."

버나드는 일단 갈라파고스 가문의 전력이 어느 정도인지 확실하게 파악하는 걸 우선했다. 적을 모르며 싸울 수는 없는 법이다. 적이 어느 정도인지 파악한 후에 싸울 것인지 양보할 것인지, 아니면 굴복할 것인지를 선택해야 했다.

"그렇지? 나도 그렇게 생각하네. 워리어스가 단지 훈련만

한다고 해서 되는 건 아니니까. 목숨을 건 피 말리는 사투 끝에서만 얻는 게 있지. 매 시합 목숨을 걸고 승리해 온 워리어스가 고작 집안에서 훈련만 해온 자들에게 진다는 건 말이 안 되지. 암."

샤갈은 갈라파고스 가문의 허풍이기를 바랐다. 권력 싸움에서야 지겠지만 적어도 워리어스들 간의 싸움에서는 이기고 싶었다. 그것이 대를 이어 비잔티움 시에서 워리어스 양성 가문을 이은 샤갈의 자존심이자 명예였기 때문이다.

"가주님께서는 갈라파고스 가문과 연을 맺으셔야 합니다."

"그들을 밟고 올라서는 게 아니고?"

버나드는 막시무스와는 다른 생각이었다. 샤갈은 버나드의 제안이 흥미로웠다.

"갈라파고스 가문에서 비록 콜로세움에 선다고 해도 그들은 그저 하나의 재미로 즐길 뿐 그다지 얻을 건 없습니다. 시민들이 워리어스에 열광하듯 갈라파고스 가문도 피의 흥분을 즐기는 게 아니겠습니까?"

"으음. 그들에게 즐거움을 주라?"

"언제나 그렇듯 콜로세움의 열기가 뜨거워질수록 클라니우스 가문의 명성은 높아지는 것이지요. 거기에 시장과 귀족원장까지도 눈치를 보는 갈라파고스 가문을 만족시켜 줄 수 있다면 클라니우스 가문의 명성은 더욱 높아질 것입니다."

버나드는 갈라파고스 가문 역시 잘난 시장이나 귀족원장처럼 직접 워리어스들의 사투를 보고 싶은 열망이 큰 것으로 보았다. 최고의 워리어스 양성 가문이라는 명예를 얻고자 하는 욕심에 콜로세움에 서는 것은 아니라고 본 것이다.

가문의 위상이야 이미 올라갈 곳이 없는 곳에서 굳이 그러한 타이틀까지 원한다고는 생각하지 않았다.

자신의 앞마당에서 즐기던 것을 그저 무대를 좀 더 큰 곳으로 바꾼 것일 뿐이다. 그렇다면 시장과 귀족원장을 만족시켜 주었듯이 갈라파고스 가문의 열망을 충족시켜 주면 되는 것이 아닌가.

갈라파고스 가문은 적이 아니라 클라니우스 가문이 더 높이 도약할 수 있는 발판으로 삼아야 하는 것이다.

"자네 말이 일리가 있군. 난 갈라파고스 가문을 경쟁 상대로 생각했는데 그게 아니었어."

버나드 총관의 말을 듣자 샤갈은 크게 공감이 갔다. 비잔티움 시에서 최고의 귀족 가문을 적으로 돌리는 것처럼 어리석은 일이 어디 있겠는가.

"그렇습니다. 갈라파고스 가문은 잡아야 할 동아줄입니다."

"빠른 시일 내에 자리를 마련해 보게."

샤갈은 노선을 확실히 정했다.

"분부대로 하겠습니다. 헌데 줄리아라는 여인과 그 아이에 대한 이야기는 어찌하시겠습니까? 정말 샤막에게 복수할 기회를 주실 생각이십니까?"

"고작 버러지 하나 죽이자고 위험을 감수할 수는 없지. 상대가 막시무스가 아닌 이상 그 일은 없었던 일로 해야겠지. 샤막에게는 비밀로 하도록."

버나드 총관의 물음에 샤갈은 입단속을 시켰다. 만일 샤막이 이 사실을 알게 된다면 당장 로비우스에게 달려가고도 남을 것이다. 제 자식이 볼모로 잡혀 있고 사랑했던 여인이 매음굴에서 짐승보다 더한 고통을 받고 있는데 워리어스로서 제대로 훈련을 받을 수는 없는 것이다. 앞으로 성장할 소지가 큰 샤막을 이렇게 버린다는 건 샤갈에게는 아까운 일이었다.

"하지만 샤막은 일의 전모를 알고 있지 않습니까? 혹 입을 열기라도 한다면 꽤나 일이 커질 것입니다."

버나드는 막시무스를 제거하기로 했던 사실이 알려지지 않을까 염려했다.

"함부로 입을 열 놈은 아니다. 내게 바라는 게 많으니 더욱 충성을 바치겠지. 뭐 차후에 상황을 봐서 처리하든가 하면 될 테니 신경 쓰지 않아도 된다."

"알겠습니다. 다만 화근은 남기지 않는 게 좋을 듯해서 드린 말씀입니다."

"그깟 놈이 화근은 무슨."

버나드의 걱정에 샤갈은 비웃음 가득한 얼굴로 말했다. 제아무리 칭송이 자자한 워리어스라 해도 샤갈에게는 언제든 버릴 수 있는 노예 중 하나일 뿐.

샤막같이 이제 갓 워리어스가 된 자라면 그야말로 갓 길들여진 개 그 이상도 이하도 아니었다.

"가주님, 부르셨습니까?"

이때 마스터 벨포스가 들어왔다.

"어, 언제 왔나?"

"지금 왔습니다."

"혹시… 우리 이야기를 들었나?"

샤갈의 눈매가 날카로워졌다. 혹시 막시무스나 줄리아에 관한 일을 들었을 수도 있기 때문이다.

"무슨 말씀이신지……. 가주님께서 찾으셨다고 해서 곧장 왔습니다. 시키실 일이 무엇인지는 듣지 못했습니다."

벨포스는 영문을 모르겠다는 표정으로 되물었다. 보아하니 막 도착한 듯했다.

"크흠. 소환수와 투견 간에 충돌이 없도록 각별히 신경 쓰도록. 이번 일로 감정들이 안 좋을 테니까."

"예, 그렇지 않아도 단단히 주의를 주었습니다."

샤갈은 동료들 간에 칼부림이 없도록 엄하게 관리할 것을 주문했다. 또 한 번 비슷한 일이 생긴다면 아무리 벨포스라고 해도 그에 합당한 처벌을 받게 될 것이다.

"조만간 갈라파고스 가문에서 시합을 하게 될 것이다. 다섯이면 적당하겠군. 가장 강한 놈들로 골라서 훈련시키도록. 아, 신참들도 데려갈 테니 준비시키고."

"철저히 준비시키겠습니다."

"되었다. 가서 쉬어라. 내일까지는 자유 시간이니까."

"배려에 감사드립니다, 가주님. 그럼 물러가겠습니다."

벨포스는 정중히 인사를 하고는 집무실을 나왔다. 샤갈에게 받는 특혜는 벨포스에게는 너무나 소중한 것들이다. 노예의 신분이지만 가정을 가질 수 있다는 건 벨포스가 살아가는 유일한 힘이었기 때문이다.

"혹시… 들었을까요?"

버나드는 걱정스레 물었다.

"글쎄다. 뭐, 들었어도 달라질 게 있겠느냐? 발설한다면 그동안 받아왔던 특별대우가 사라짐은 물론 가진 걸 모두 잃는다는 걸 알 테니 현명하게 처신하겠지."

샤갈은 크게 신경 쓰지 않았다. 다른 사람은 몰라도 벨포스는 자신의 뜻을 거역할 수 없다고 확신했기 때문이다. 가진 게 많을수록 모험을 하기 어려운 것이 이치가 아닌가.

CHAPTER
09

진정 명예로운가

레지스탕스 비잔티움 지부.

피의 제전에 난입해 시장과 귀족원장을 제거하려던 계획
이 실패한 후 비잔티움 지부에는 책임자들이 모두 모였다. 첩
보대를 비롯해 호위조와 전투조장 등 지부에서 각 부를 책임
지는 간부들이 그날의 공과를 따지는 중이다.

"이번 공격의 실패로 많은 동료들의 희생이 따랐습니다.
몇이나 잃었습니까?"

"스물입니다."

지부장 미카엘 대령의 물음에 첩보대 일리나 중위가 보고

했다. 백여 명이나 희생되었으니 분위기는 좋지 않았다.

"원로원에서는 분명 이번 공격을 반대했습니다. 그런데 밀어붙인 결과가 어떻습니까? 지부장께서는 이번 희생을 어떻게 책임지실 생각입니까?"

원로원에서 파견될 라파엘 소령은 이번 공격에 대해서 강력하게 항의했다. 동료들의 수를 늘려가며 최대한 물리적인 투쟁은 자제하는 게 원로원의 방침이었다.

이번 피의 제전처럼 동료들을 앞세워 무리한 작전을 펼치는 건 희생이 너무 컸기 때문이다.

"라파엘 소령, 희생된 대원들에 대해서는 안타깝게 생각하네만 성과가 없었던 것은 아니네."

미카엘 지부장은 라파엘 소령의 생각과는 달랐다. 비록 희생은 있었지만 그에 못지않은 성과를 거뒀다고 자평한 것이다.

"대체 무슨 성과를 거뒀다는 겁니까? 시장과 귀족원장은 고사하고 시 경비대 몇을 제거하고 시민들을 죽인 게 고작 아닙니까?"

라파엘 소령은 이번 작전으로 헛되이 동료들을 잃은 것으로 판단했다. 뛰어난 실력을 지닌 요원들이 목숨까지 잃어가며 얻은 게 너무나 보잘것없었기 때문이다.

"마나를 속박하는 마도구가 무엇인지 알아냈다는 것은 커다란 성과가 아니겠나? 설마 오벨리스크가 그런 역할을 하는지 누구도 생각지 못했네. 더욱이 오벨리스크를 작동하는 자가 귀족원장이라니. 귀족원의 역할이 그러한 것인 줄 지금까지 몰랐다니."

미카엘 지부장은 이번 콜로세움 난입 사건은 큰 의미가 있는 것으로 판단했다. 여태껏 마나 속박이 발동된 적은 과거로부터 여러 차례 있었지만 막상 알 만한 위치에 있던 자들은 모두 죽는 바람에 마나 속박에 대해서 제대로 알 수가 없었던 것이다.

대륙 전역에 세워진 오벨리스크는 단지 옛 마도제국의 위대함을 기리기 위한 기념비 정도로 생각했는데 그것이 마나 속박을 발동할 줄을 어찌 알았겠는가.

대륙에는 수도 없이 많은 오벨리스크가 존재한다. 한 도시에도 얼마나 많은 오벨리스크가 존재하는지 모른다. 물론 모든 오벨리스크가 마나 속박을 발동하는 것은 아니다.

콜로세움 외에 다른 지역은 어느 오벨리스크인지 알 수 없지만 적어도 그 대상을 찾은 것은 중요한 의미가 있었다.

또한 귀족원에서 그러한 역할을 담당한다는 걸 알아낸 것도 중요하다. 콜로세움에서의 오벨리스크 발동을 귀족원장이 직접 한 것으로 봐서는 귀족원의 귀족이라고 해도 아무나 관여할 수는 없다는 점도 유추해 낼 수 있었다.

어쩌면 각 도시의 귀족원장이나 아니면 그 정도의 급이 되는 자 외에는 발동시킬 수 없는지도 모른다. 오벨리스크의 비밀은 제국 내에서도 중요한 비밀이었고, 그걸 아는 자는 제한되어 있었기 때문이다.

"물론 오벨리스크의 존재에 대해서 알아낸 건 다행스러운 일입니다. 하지만 그게 어쨌다는 겁니까? 오벨리스크에 접근할 수 있습니까? 콜로세움 외에 다른 지역의 오벨리스크는 어떻게 할 겁니까? 거리 하나를 지날 때마다 세워져 있는 오벨리스크를 다 파괴할 겁니까? 안다 해도 방법이 없다는 말입니다."

라파엘 소령은 여전히 이번 작전의 성과에 대해서는 부정적이었다. 너무나 많은 요원이 희생된 데 대한 반발이었다.

"방법은 언제나 있다네. 이제 그 존재를 알았으니 마나 속박에서 벗어날 수 있는 방법도 찾게 될 것이네."

미카엘 지부장은 긍정적으로 보았다. 레지스탕스가 생긴 이래 근래에 가장 세력이 커졌고 오벨리스크의 비밀과 귀족원의 역할에 대해서도 알게 되지 않았는가.

이제 때가 다가오고 있다고 생각했다.

"이번 일로 시에서는 우리 지부를 찾기 위해 혈안이 되어 있습니다. 이대로는 지부의 존립 자체가 위태롭다는 걸 왜 모르는 겁니까?"

라파엘은 답답했다. 성과에 집착한 나머지 요원들의 목숨을 너무나 가벼이 여긴다고 생각한 것이다. 라파엘에게는 요원 하나하나의 목숨이 더 중하게 느껴진 탓이다.

"라파엘 소령, 충분히 위험을 감수할 만한 가치가 있었다고 생각하네. 더욱이 그분의 도움이 있지 않았나? 그분도 위험을 감수하기는 마찬가지. 언제고 해야 할 일이었네. 이번에 성과를 얻은 것도 그분 덕분이 아닌가? 그분이 아니었다면 이번에도 요원들만 희생되고 오벨리스크의 비밀은 알아내지 못했을 것이네."

미카엘은 세를 탔을 때 더 강하게 밀어붙이고자 했다.

"그렇긴 하지만 희생에 비해 얻은 게 너무 없습니다. 막연히 오벨리스크의 존재를 알았다 한들 달라질 게 없다는 말입니다."

라파엘은 오벨리스크에 대한 비밀을 알게 된 것은 그다지 높게 평가하지 않았다. 사실 오래전부터 오벨리스크에 대한 의문은 있어왔다. 제국에서는 각 지역에 수도 없는 오벨리스크를 세웠고 뭔가 수상하다고 생각하는 사람들도 있어왔다.

하지만 거리에 하나씩 존재하는 수많은 오벨리스크는 그저 음모론의 일부로 치부되었을 뿐이다.

간혹 오벨리스크의 비밀을 파헤친다며 거리의 오벨리스크들을 파괴한 자들은 있었다. 하지만 그뿐이다.

곧바로 잡혀가 치도곤을 당했고, 또 얼마 지나지 않아 풀려났다. 만일 오벨리스크가 그렇게 중요한 것이라면 그렇게 쉽게 풀어주지는 않았을 것이다.

그 때문에 오벨리스크에 대한 의문은 점차 사그라지게 된 것이다. 수많은 오벨리스크 중에서 마나 속박을 발동시키는 오벨리스크를 찾는 것은 불가능한 일이다.

"이제부터 오벨리스크의 속박에서 벗어나는 방법을 찾아야겠지. 오벨리스크로부터 자유로울 수 있다면 우리의 목표를 이룰 수 있을 것이네. 제국은 마도구에 지나치게 의존한 나머지 보유한 병력은 그리 많지 않아. 마나 속박에서 벗어나는 방법을 찾는 게 시급하네."

미카엘은 제국에 맞서 제대로 싸울 수 있는 전사를 양성하는 게 시급한 과제로 보았다. 제국에 맞서 싸우는 방법은 두 가지다.

하나는 오벨리스크를 파괴해 마나 속박을 발동시키지 못하도록 하는 것.

하지만 그건 지금까지는 불가능한 일이었다. 오벨리스크와 귀족원과의 관계를 알아낸 것도 이번 작전 덕분이 아닌가.

둘째는 마나 속박에 영향을 받지 않는 전사들을 양성하는 것이다. 이건 지금도 지속적으로 연구되고 있지만 성과는 별로 없다.

간혹 마나 속박을 받지 않는 자들이 있지만 왜 그런지는 밝혀내지 못한 것이다.

그들에게서는 어떠한 공통점도 없었기 때문이다. 이곳 출신은 물론 소환수 중에서도 그런 자들이 나타난 것이다. 하지만 극히 소수였고, 원인은 밝혀지지 않았다.

"마나 속박에서 벗어날 수만 있다면야 당장에라도 전 지부에서 들고일어날 것입니다. 하지만 이번 피의 제전에서 드러났듯이 오벨리스크에 접근하기도 어렵지만 설령 접근한다고 해도 우리 힘으로 파괴할 수 있을지 의문입니다. 이전에 파괴된 오벨리스크는 가짜일 테니 진짜 마도구라면 아마 쉽게 파괴되지는 않을 것입니다. 설령 파괴한다고 해서 마나 속박이 풀리는지도 아직은 알 수가 없습니다."

"물론 그렇다네."

라파엘 소령은 오벨리스크에 목표를 두는 건 여전히 반대했다. 위험부담이 너무나 크고 성공할 가능성도 희박하기 때문이다. 제국에서는 전력을 다해 오벨리스크를 지키려 할 테고 더 많은 희생이 따를 것이다.

라파엘 소령은 불확실한 작전으로 요원들을 잃는 것에 대해서는 반대의 입장을 분명히 했다.

"전 다른 관점에서 보고 싶습니다."

"어떻게 말인가?"

"마나 속박을 받는 자들은 마나를 수련한 거의 모든 사람들입니다. 하지만 간혹 마나 속박을 받지 않는 사람들도 존재합니다. 우리는 그 이유부터 알아내야 한다고 생각합니다."

라파엘은 마나 속박을 막는 것보다는 마나 속박에서 자유로운 방법을 찾는 게 더 중요하다고 보았다. 그 방법만 찾는다면 아무리 많은 오벨리스크라고 해도 쓸모없는 물건으로 전락하는 것이다.

분명 마나 속박을 받지 않는 요원들이 존재하고 얼마든지 연구해 볼 기회는 있다. 무작정 요원들의 목숨을 담보로 하는 것보다는 더디더라도 희생을 줄이는 쪽으로 접근하는 게 더 바람직하다고 생각했다.

"오래전부터 그 이유를 찾아왔지만 결국 실패하지 않았나? 왜 간혹 마나 속박을 받지 않는 자들이 존재하는지는 나 역시도 의문이네. 물론 제국의 병사들이야 마도구를 착용해서 그렇지만 마도구 없이도 마나 속박을 받지 않는 자들이 존재하니까."

미카엘 지부장도 라파엘 소령의 말에 공감은 하지만 그건 너무나 막연했다. 라파엘 소령의 말대로 한다면 더 이상의 물리적인 투쟁을 하지 말자는 것과 다르지 않은 것이다.

그렇게 되면 레지스탕스의 존재 이유가 사라질 뿐만 아니라 그들이 존재한다는 걸 사람들에게 알릴 기회마저 사라진다.

아직도 제국에 대항하고 있다는 걸 알리는 것만으로도 레지스탕스에게는 커다란 의미가 있기 때문이다.

"한 말씀 드려도 되겠습니까?"

"일리나 중위, 말해보게."

이때 콜로세움에 직접 가서 상황을 지켜봤던 첩보대 소속 일리나 중위가 나섰다.

"다른 분들도 보셨을지 모르지만 저는 워리어스 중에 특이한 자를 보았습니다."

일리나 중위는 당시 피의 제전에서 보았던 한 명의 워리어스를 지목했다.

"워리어스 중에?"

미카엘 지부장은 흥미를 나타냈다.

"그렇습니다. 그자는 마나 속박을 받지 않는 것 같았습니다."

"설마……. 소환수 중 워리어스가 된 자들은 예외없이 마나 속박을 받았네. 우리 중 마나 속박에서 자유로운 존재가 간혹 나타나기는 하지만 워리어스 중에서는 지금껏 그런 존재가 없었는데."

일리나 중위의 보고에 미카엘은 무척 놀랐다. 탈로스 제국이 세워진 지 400여 년이 지나는 동안 콜로세움에 섰던 워리어스 중에 마나 속박에서 자유로운 자는 없었기 때문이다.

레지스탕스에는 워리어스 출신도 상당수 있었다. 과거 호송 도중에 레지스탕스의 도움으로 빠져나와 합류한 자들부터 킹 오브 워리어스가 되어 자유를 얻은 자 중에서도 레지스탕스에 들어온 자들이 있었던 것이다.

문제는 워리어스 출신은 마나 속박에 누구보다 영향을 많이 받는 편이었다. 그런데 지금 일리나 중위는 400년 만에 그러한 제약을 받지 않는 존재가 나타났다고 말하는 것이다.

"저도 그 때문에 그자를 눈여겨보았습니다. 제 눈에는 마나 속박에서 자유로워 보였습니다. 하지만 주변을 의식해서인지 나중에는 마치 마나 속박을 받은 것처럼 행동했지만 분명 자유로웠습니다."

일리나 중위는 자신이 주목했던 워리어스가 마나 속박에서 자유로웠다고 확신했다. 일리나 중위가 지목한 워리어스는 다름 아닌 카시아스였다.

일리나 중위는 샤막을 지키기 위해 두 명의 워리어스를 베고 비트레이를 제압했던 모습을 본 것이다.

"자네 말이 사실이라면 정말 특이한 케이스군. 아니, 놀라운 일이야. 어쩌면 우리의 그동안의 숙원인 마나 속박에서 자유로워지는 방법을 알아내게 될지도."

미카엘 지부장은 다소 흥분한 듯했다. 지난 400년간 염원했던 일이니 당연한 반응이다.

"일리나 중위의 말이 사실이라고 가정할 때 만일 그자를 연구해 본다면 뭔가 단서가 나올지도 모르겠습니다."

전투조장 우리엘도 카시아스의 가치에 대해서 공감했다. 일리나 중위가 잘못 본 게 아니라면 분명 어떤 비밀을 가지고 있을 가능성이 높았다.

"하지만 그자는 워리어스가 아닌가? 콜로세움이 아니라면 만날 수조차 없을 텐데?"

"어떻게든 접근해야지요. 마나 속박의 비밀만 풀 수 있다면 우리의 오랜 염원을 앞당길 수 있습니다."

우리엘은 마나 속박으로부터 자유로운 워리어스를 끌어들이는 데 비중을 두기를 바랐다. 아직까지는 장담할 수 없지만 바람대로만 된다면 이는 모든 오벨리스크를 파괴하는 것과 대등한 가치를 지니는 성과가 될 것이다.

"자네 생각은 어떤가?"

미카엘 지부장은 언제나 부정적 입장을 지닌 라파엘 소령의 의견을 물었다.

"지금 시의 경비 상태가 최악입니다. 당분간은 숨을 고를 필요가 있습니다. 다만, 마나 속박의 비밀을 푸는 것은 우리가 가장 고민하는 부분인 만큼 은밀히 알아보는 건 찬성합니다."

라파엘 소령도 이 부분에 대해서는 반대하지 않았다. 대단 위로 요원들이 움직일 필요도 없는 반면에 얻는 것은 그야말 로 어떤 작전도 미치지 못할 큰 성과였기 때문이다.

"일리나 중위, 자네에게 일임하지. 그자와 접촉해 보게. 필요하다면 그분의 도움을 받도록 하게."

"예, 지부장님. 반드시 비밀을 풀어오겠습니다."

"조심하게."

"감사합니다."

결국 카시아스에 접촉하는 임무는 일리나 중위에게로 부여 되었다. 카시아스의 비밀만 알아낸다면 레지스탕스는 400년 동안 염원했던 꿈을 이루게 되리라.

*　　　*　　　*

클라니우스 가문.

훈련장에서는 워리어스의 훈련이 한창이었다. 피의 제전 때의 사건 때문인지 훈련의 강도가 이전에 비해 월등히 높았 다. 진검만 안 들었을 뿐이지 실전을 방불케 했다.

딱, 따다닥!

퍽, 퍼퍽!

쿠당탕탕!

"크윽!"

투견 제이콥이 고통에 얼굴을 찡그렸다. 비록 목검이라고
는 해도 한 대 맞을 때마다 뼈가 부러지는 것 같이 아팠다. 상
대는 소환수 서열 2위 헤수스로 인정사정없이 제이콥을 몰아
붙였다.

"다시!"

따다닥!

휘이이익!

퍼어억!

털썩!

제이콥은 다시금 쓰러졌다. 순식간에 어깨와 옆구리에 목
검이 틀어박혔다. 헤수스의 쌍검은 마치 양팔처럼 자유로웠
다.

"정신을 어디다 팔고 있어? 투견 놈들은 이래서 안 된다니
까. 이제는 지들끼리 못 죽여 안달이구만."

헤수스는 제이콥을 향해 비아냥거렸다. 제이콥을 강도 높
게 몰아붙이는 것이 못마땅해서 괴롭히는 것이다. 제이콥은
울컥했지만 먼저 나서는 사람이 있었다.

"어이! 그게 무슨 소리냐?"

옆에서 훈련 중이던 야콥이 끼어들었다.

"무슨 소리긴, 내가 틀린 말 했나? 지난번엔 우리 뒤에서

칼을 꽂더니 이제는 너희 투견 간에도 죽이려고 안달이잖아? 너희 같은 놈들하고 동료라니, 참."

헤수스는 야콥을 향해 오만상을 찌푸리며 손을 내저었다. 마치 옆에 있는 것도 더럽다는 제스처였다.

"이 새끼! 뚫린 주둥이라고 함부로 놀려대는데, 내가 아예 찢어버릴까?"

야콥은 울컥했는지 헤수스를 노려보며 목검 손잡이에 힘을 주었다. 당장에라도 한판 뜰 기세였다.

"이봐, 틀린 말 한 건 아니잖아? 너희처럼 언제 등 뒤에서 칼을 꽂을지 모르는 녀석들하고 콜로세움에 같이 선다는 건 찜찜한 일 아니냐?"

이때 테일러가 나서서 거들었다. 테일러는 투견 셋이 샤막을 죽이려 한 일을 거론했다. 소환수와 투견 간에 서로를 희생시킨 일은 있었지만 지금껏 같은 소환수나 투견 간에 그러한 일은 없었다.

하지만 이번에 그러한 룰이 깨짐으로써 이제는 소환수나 투견을 구분 짓는 게 무의미해진 것이다.

평소에도 신뢰하기 꺼려졌던 투견들이 이제는 완전히 낙인찍힌 셈이다.

"테일러, 함부로 말하지 마라!"

야콥의 얼굴이 사납게 변했다.

"왜? 사실 아니냐? 나도 너희들과 함께하기 찜찜한데?"

테일러는 아랑곳하지 않고 비아냥댔다.

"이 새끼가!"

"뭐야? 해보겠다는 거냐?"

우르르르르!

서열 1위 간에 시비가 붙자 소환수와 투견들이 훈련을 중단하고는 우르르 몰려왔다. 자칫 소환수와 투견 간에 패싸움이 날 판이다.

"뭐하는 짓들이냐? 너희들은 서로 뒤를 맡길 수 있는 동료다! 그런데 너희들끼리 싸우겠다는 거냐?"

이때 마스터 벨포스가 둘 사이를 가르며 엄하게 나무랐다. 이 상태로라면 콜로세움에 서더라도 백전백패다. 서로 간에 믿지 못한다면 절대로 목숨을 맡길 수가 없는 것이다.

"마스터, 이놈들에게 뒤를 맡겼다가는 어떤 일을 당하는지 아시지 않습니까?"

"우린 저놈들하고 함께 서기 싫습니다."

소환수들은 너도나도 할 것 없이 불만을 토로했다. 소환수로서는 당연한 불만이었다. 가뜩이나 싫었던 투견들이 이제는 아예 동료로도 보이지 않는 것이다.

아니, 언제 저들에게 뒤에서 칼을 맞을지 두려워한다고 보는 게 정확했다.

"이 새끼들이 진짜!"

투견들은 소환수들의 이런 반응에 화가 치밀었지만 욕하는 것 외에는 반박할 수가 없었다. 투견들 간에 해서는 안 될 짓을 한 건 사실이기 때문이다.

"그만! 지금 그 일로 가주님께서 상당히 진노하셨다. 아마 훈련장에서까지 너희가 다툰다면 어떤 벌을 받을지 모른다. 어쩌면… 지금 너희가 가진 것마저 모두 잃게 될 것이다. 그래도 계속하겠느냐?"

"쳇."

"젠장."

벨포스의 경고에 소환수와 투견은 못 이기는 척 돌아섰다. 아무리 불만이 많아도 모든 걸 결정하는 건 가주의 몫이 아닌가. 그의 한마디면 그나마 누렸던 것들도 빼앗기게 될 것이다.

가장 첫 번째로 빼앗길 건 아마도 짝이 될 것이 분명했다. 유일한 안식처를 빼앗긴다면 워리어스들은 더 이상 이 삭막한 세상에서 버텨낼 수 없다.

"잠시 쉬었다 가지. 모두 열 좀 식히고 피의 제전 때 있었던 일은 모두 잊어라. 그게 너희 자신을 위한 길이다. 삼십 분간 휴식!"

벨포스는 흥분을 가라앉히기 위해 일단은 쉬도록 했다. 아직은 감정의 앙금이 남아 있을 테니 지나치게 몰아붙이는 건 오히려 더 자극할 수 있었기 때문이다.

　"샤막!"

　"네, 마스터!"

　벨포스의 부름에 샤막은 얼른 달려갔다.

　"음……. 상처는 다 나았나?"

　벨포스는 뭔가 말을 할까 말까 한참을 망설이다가는 입을 열었다. 무척 고민하는 듯 보였다.

　"물론입니다. 치유의 돌로 직접 치료해 주시지 않았습니까?"

　"아, 그랬지."

　벨포스는 평소와는 조금 다른 모습이었다. 샤막과 이야기는 하고 있지만 다른 생각을 하는 듯했다. 전혀 샤막의 말에 집중하지 않았다. 생각과 말이 겉도는 느낌이다.

　"다른 하실 말씀이라도……."

　샤막도 평소와는 다른 모습에 의아했다.

　"아, 아니다. 그럼 쉬도록."

　"아, 네."

　샤막은 뭔가 이상했지만 대답하고는 돌아왔다. 슬쩍 돌아보니 벨포스는 상당히 심각한 표정이었다. 무슨 고민거리가 있는 듯했다.

"무슨 일이야?"

카시아스는 가주와 관련된 일이 아닐까 걱정스레 물었다.

"아냐. 다 나았냐고. 자기가 치료해 줘놓고, 참."

샤막은 고개를 저으며 어깨를 으쓱했다.

한쪽에서는 테일러와 야콥의 말다툼이 계속되었다. 이런 식으로는 언제든 터질 수밖에 없었다.

"이봐, 테일러! 계속 이런 식으로 할 건가?"

"내가 어쨌는데?"

야콥의 물음에 테일러는 딴청을 피웠다. 야콥과 이야기를 섞는 것도 싫은 티를 노골적으로 냈다.

"마스터 말씀대로 우린 동료다! 비록 서로 사이가 안 좋긴 해도 콜로세움에서는 동료 아닌가?"

야콥은 이런 식으로 계속 관계를 끌어갈 수는 없다고 판단했는지 풀어보고자 했다. 훈련장에서야 다투면 그만이지만 콜로세움에서도 이런 관계가 이어진다면 그야말로 다 죽은 목숨이기 때문이다.

"너희는 동료의 등에 칼을 꽂았지."

테일러는 피의 제전 때의 일을 거론했다.

"그건… 나도 변명하지 않겠다. 분명 잘못된 일이지. 하지만 계속 이런 식이라면 참지만은 않아."

야콥도 그날의 일에 대해서는 변명하지 않았다. 문제는 계속 비아냥거리는 소환수들의 태도였다. 그날의 일은 투견들조차도 몰랐던 일이고, 비트레이가 그렇게 죽지 않았다면 투견들에게 맞아죽었을 것이다.

투견들은 소환수들이 그들과 자신들을 같이 취급하는 것에 대해서는 화가 날 수밖에 없었다.

"안 참으면 어쩔 건데?"

테일러는 야콥을 자극했다. 야콥과는 한 번쯤 싸워보려고 했는데 이번에 그 기회를 잡으려는 것 같았다.

"그만들 하지. 우리끼리 싸워서 어쩌려고? 가주가 알게 되면 무사할 것 같나?"

테일러와 야콥이 서로를 노려보며 분위기는 일촉즉발의 상황으로 치달아갈 때 카시아스가 끼어들었다.

"신참 나부랭이가 이제 워리어스가 되었다 이 말인가? 넌 잠자코 있어라."

"네가 끼어들 자리가 아니다."

테일러와 야콥은 동시에 카시아스를 향해 경고했다. 아무리 소환수들이 투견을 얕잡아본다고 해도 이제 워리어스가 된 카시아스에게 이런 말을 들은 상황은 아니다.

그건 테일러도 마찬가지다. 서열 1위인 자신에게 이제 갓 워리어스가 된 자가 이래라저래라 간섭하는 건 용납할 수 없는 일이다.

"워리어스는 동료 아닌가? 난 죽고 싶지 않다. 그러자면 무엇보다 동료가 필요하고. 난 소환수든 투견이든 구분하고 싶지도 않다. 모두 동료라고 생각하니까. 안 그런가?"

카시아스는 테일러와 야콥이 뭐라 하든 신경 쓰지 않고 자신의 말을 했다. 카시아스의 눈에는 테일러와 야콥이 자존심 싸움을 하는 자체가 가주에게 놀아나는 것으로 보이기 때문이다.

"이 새끼! 네가 뭘 안다고 지껄여? 네가 투견 놈하고 어울리더니 정신을 못 차리는구나!"

테일러는 자존심이 상했는지 얼굴이 구겨지며 카시아스를 향해 언성을 높였다. 서열로 따지면 꼴찌가 1등에게 주제넘은 충고를 한 셈이 아닌가.

"어이! 카시아스라고 했나?"

"그렇다."

"우리가 앙숙이기는 해도 너한테 그런 소리를 들을 정도는 아니다. 주제넘게 굴지 말고 조용히 찌그러져 있어라. 괜히 나섰다가 너만 괴로워지니까."

야콥도 카시아스가 나서는 게 황당했는지 나직한 목소리로 물러나도록 했다. 목소리는 크지 않았지만 충분히 위협적이었다.

"너희는 끝까지 살아남고 싶은 건가, 아니면 이곳에서 최고가 되어 어깨에 힘을 주는 건가? 어느 쪽이냐?"

카시아스는 둘의 경고에도 아랑곳 않고 제 할 말을 다 했다. 과연 이들이 무슨 생각으로 이곳에서 피와 땀을 흘리는지 카시아스는 직접적으로 물었다.

"뭐야?"

"무슨 뜻이냐?"

테일러와 야콥은 황당한 표정으로 되물었다. 카시아스가 정상으로 보이지는 않았지만 그의 물음 속에는 많은 것이 담겨 있다는 걸 눈치챘기 때문이다.

"소환수와 투견 사이가 안 좋은 이유에 대해서는 들었다. 하지만 그전부터도 좋지 않았다고 아는데? 내 말이 틀렸나?"

"그래서?"

"어쩌라고?"

"소환수든 투견이든 우린 다 같은 처지다. 비록 불미스러운 일이 있었지만 그렇다고 해서 우리끼리 싸울 필요가 있나? 우리를 싸우게 만든 자들은 따로 있지 않나? 우리가 목숨 걸고 싸우는 이유가 고작 재미를 위해서라니. 이거야말로 화낼 일 아닌가? 너희들은 그런 미친 자들을 위해 싸우는 게 그렇게 명예로운 일이라고 생각하나?"

카시아스는 워리어스로 잔뼈가 굵은 테일러와 야콥을 향해 일장 연설을 늘어놓았다. 이곳에 오래 있을수록, 그리고 강할수록 명예를 떠들고 추구한다.

카시아스가 느낀 건 그렇다.

꽤나 사내답고 대범할 뿐만 아니라 자기 절제력도 뛰어난 벨포스를 보더라도 그렇다.

그 역시 워리어스를 명예롭게 여기지 않는가. 하지만 정작 그 자신이 버텨온 것은 가족 때문이라는 걸 카시아스는 알고 있었다. 모두들 명예를 앞에 놓지만 정작 절실히 원하는 건 다른 것이라는 걸.

"신참 나부랭이라서 그런지 워리어스의 명예에 대해서는 쥐뿔도 모르는구나."

테일러는 비웃음 가득한 얼굴로 말했다. 워리어스라는 명예로운 호칭, 또한 콜로세움에 서서 모든 강자들을 물리쳤을 때 받게 되는 전사라는 칭호.

전사들 간의 대결에서 승리한 최후의 한 사람에게 내려지는 무엇보다 영예로운 칭호가 바로 킹 오브 워리어스였다.

테일러는 언제나 킹 오브 워리어스가 되기를 바라왔고, 그것이 목표였던 것이다.

"명예? 정신 나간 작자들이 흥분해서 소리나 질러대는 그런 명예? 생각해 봐라. 넌 소환수니까. 이전 세상에서도 그딴 걸 명예라고 생각하고 살았었나?"

카시아스는 테일러의 말에 콧방귀를 뀌며 비웃었다. 과거를 떠올려 본다면 지금의 생활이 얼마나 짐승 같은 생활인지 모른단 말인가. 다른 사람의 쾌락을 위해 동료를 죽이고 내 피를 흘리는 게 어떻게 명예로운 일인가.

"흥! 네놈이 이곳에 온 지 얼마 되지 않아서 헛소리를 늘어놓는데 처음엔 다 그랬지. 하지만 알게 될 것이다. 이곳에서 벗어날 수 없다는 것을. 그나마 이렇게 싸울 수 있게 된 것만으로도 감사해라. 적어도 여기서는 노력한 대가는 얻게 되니까. 그리고 킹 오브 워리어스라는 명예로운 호칭도 꿈은 아니다."

테일러는 오히려 그런 카시아스를 비웃었다. 테일러도 그랬다. 처음 개미굴에서 이곳으로 왔을 때는 워리어스들을 이해할 수 없었다. 하지만 콜로세움에 서게 되고 워리어스라는 칭호를 얻지 않았는가.

그러한 사투가 반복되면서 워리어스만의 명예에 대해서 알게 되었다. 테일러는 워리어스에게는 가장 영예로운 칭호 킹 오브 워리어스가 꿈인 것이다.

"결국 자유롭고 싶은 것 아닌가? 아무리 명예니 뭐니 포장해도 말이야."

카시아스는 킹 오브 워리어스의 대가가 자유이기에 모든

워리어스들이 원한다고 보았다. 만일 자유가 주어지지 않는다면 그렇게까지 그 칭호를 갈망하지는 않을 것이다.

결국 명예를 앞세운 말장난일 뿐이다.

"헛소리는 그만하지."

테일러는 무안했는지 얼굴이 붉게 달아올랐다.

"나도 듣기 거북한데? 네가 우리에게 자유를 줄 게 아니면 그 주둥이 좀 닥치지. 한 번만 더 나불대면 못 참을 것 같거든."

야콥도 상기된 표정이었다. 이제 갓 워리어스가 된 자에게 이런 소리를 듣는 것만으로도 이미 짜증이 났다. 카시아스가 이 세상에 오기 전부터 온갖 수모를 당했고 견디기 힘든 고통을 체험하며 여기까지 오지 않았는가.

누군가의 충고를 들을 정도로 경험이 일천하지 않은 것이다.

"여기 있는 워리어스들의 힘만 모아도 웬만한 기사단쯤은 박살 낼 수 있는 전력 아닌가? 어차피 목숨 걸고 콜로세움에 서고 있잖아? 왜 자유를 얻기 위해 싸울 생각은 안 하는 거야?"

카시아스는 보다 현실적인 이야기로 바꿨다. 이들의 자존심을 건드리는 것보다는 그게 건설적이었기 때문이다. 자유에 대한 갈망이 그렇게나 크다면 한 번쯤 시도해 볼 만한 일이 아닌가.

"지금 반란이라도 일으키자는 거냐? 네 그 말이 가주님의 귀에 들어간다면 어떻게 되는지는 알겠지?"

테일러의 얼굴이 굳어졌다. 아무리 신참이나 다름없다고 해도 이런 말을 내뱉었다가는 언제 목이 달아날지 모른다.

"물론. 난 너희들 모두 동료라고 생각하기에 솔직하게 말할 뿐이다. 난 너희들처럼 명예 따위로 포장하며 비겁하게 살고 싶지는 않으니까. 내 말이 틀렸나?"

카시아스는 당당하게 말했다. 전혀 위축되거나 누군가 가주에게 누설할 것이라고는 전혀 생각하지 않는 듯했다.

"이번은 못 들은 걸로 해주지. 하지만 조심해라. 가주님의 눈과 귀는 어디에든 있으니까."

테일러는 카시아스의 당당함에 오히려 마음이 가라앉았다. 생각 같아서는 한 대 치고 싶었지만 이상하게 그러고 싶은 마음이 사라진 것이다.

"개미굴에서 막 온 놈들은 어째 하나같이. 쯧쯧. 피의 제전까지 치른 놈이 그렇게 상황 파악이 안 되냐? 뭐? 우리가 힘을 합쳐? 피의 제전 때 몸도 못 가눌 만큼 녹초가 된 건 기억하냐? 이곳 양성소는 물론 비잔티움 시 전체가 그런 장치가 되어 있다. 우리가 반란을 일으킨다면 곧바로 작동시키겠지. 그럼 기사단은커녕 일개 경비에게도 우린 다 죽은 목숨이야, 이

풋내기야."

야콥은 한심한 표정으로 카시아스에게 충고를 해주었다. 이미 피의 제전 때 직접 겪은 일이다.

워리어스들도 마나 속박에 대해서 잘 알고 있었다. 처음에 교육받는 게 그 부분이기 때문이다.

마나 속박에서 자유롭지 못하는 이상 반란은 꿈에서도 불가능한 일인 것이다.

"과연 그럴까? 만일 우리가 마나 속박에서 자유롭다면 이야기가 달라지겠지."

카시아스는 야콥의 말 속에서 가능성을 보았다. 말은 명예를 떠들었지만 막상 원하는 것은 자유라는 걸 느낀 것이다. 다만 가능성이 없어서 잊으려 할 뿐이다.

"주둥이만 산 놈! 그런 방법이 있었다면 이미 오래전에 반란이 일어났을 것이다. 콜로세움에서 서로 피를 흘린 게 자그마치 4백여 년이다. 네까짓 게 뭘 안다고."

테일러는 듣다못해 한마디 했다. 카시아스의 이야기는 그저 풋내기의 망상 정도로 치부했다.

"내게 방법이 있다면? 한번 해보겠나?"

카시아스는 진지하게 말했지만 먹힐 리가 없었다. 카시아스는 이들에게 아무런 비중도 없는 풋내기일 뿐이다.

"쳇. 헛소리는. 나도 못 들은 걸로 할 테니까 그 입 조심해

라. 아마 가주님이 널 찢어 죽일 테니까. 테일러, 그만하자. 싸울 맘도 사라졌다."

"그러지. 나도 마찬가지니까."

테일러와 야콥은 카시아스로 인해 싸움은 중단하기로 했다. 그럴 마음이 사라진 것이다.

겉으로야 카시아스를 윽박지르기는 했지만 이들도 마음이라는 것은 간직하고 있다.

카시아스를 통해 오래전 잊고 지냈던, 아니, 잊고자 했던 마음이 다시금 되살아난 것이다. 그건 고통이었다. 꿈꿀 수 없는 세상에 대한 열망은 그저 고통일 뿐이다.

"난 확실히 방법을 알고 있다. 그날을 잘 떠올려 보면 내가 거짓말을 하지 않는다는 걸 알게 될 것이다. 만일 생각이 있으면 내게 와라. 동료로서!"

카시아스는 돌아서는 테일러와 야콥에게 진심을 담아 말했지만 그들은 들은 체도 하지 않고 가버렸다.

"카시아스, 너 미쳤어? 그런 소리를 그렇게 막 하면 어쩌자는 거야? 가주의 귀에 들어가기라도 하면 어쩌려고?"

옆에서 조마조마하게 듣고 있던 샤막은 그들이 가자 카시아스를 쪼아댔다. 목이 두 개 있는 것도 아니고 이건 무조건 처형이다. 봐주고 자시고 할 여지도 없는 중죄가 아닌가.

"내 가슴이 다 벌렁거려서 미칠 뻔했다니께."

로베르토도 가슴을 쓸어내렸다. 당장에라도 테일러나 야콥이 달려가서 이르지나 않을지 얼마나 조마조마했던가.

"샤막, 난 이곳에 오래 있을 생각이 없다. 최대한 빨리 나가고 싶어. 그러자면 저들의 도움이 필요해."

카시아스는 굳이 위험을 무릅쓰고 테일러와 야콥에게 말한 이유를 이야기했다.

"저놈들은 이미 이곳 생활에 익숙해져 있어. 막연한 자유때문에 목숨을 걸 놈들이 아니라고. 왜 워리어스라는 칭호에 대해서 그렇게 명예 운운하겠어? 그냥 정당화시키는 거야."

"나도 샤막하고 같은 생각이여. 저놈들은 절대로 도움이 될 놈들이 아니여. 오히려 짐만 된당께."

샤막과 로베르토는 다른 자들을 끌어들이는 것에 대해서는 부정적이었다. 일단 비밀을 유지할 수 있을지 신뢰할 수 없었고 순순히 카시아스의 말을 들을 것이라고 기대할 수도 없었기 때문이다.

만일 일을 벌이려면 일사불란하게 움직여야 하는데 자존심만 강해서 절대로 따를 자들이 아니었다.

무엇보다 카시아스에 대한 믿음이 없었다. 기존의 마나 수련법을 중단하고 쌓였던 마나의 고리를 모두 끊어야하는데 그건 불가능한 일이나 다름없었다.

만일 그사이 콜로세움에 서게 된다면 죽은 목숨이기 때문이다. 그사이 과연 얼마나 새로운 마나를 쌓게 될지 누구도 장담할 수 없는 것이다.

"너희들은 내가 가르쳐 준 마나 수련법으로 하고 있지? 기존의 마나 고리는 완전히 끊어버려야 된다."

"그렇게 하고 있다. 그런데 영 더뎌."

"나도 생각대로 잘 안 된당께."

샤막과 로베르토는 카시아스가 가르쳐 준 대로 심장 쪽에 형성된 마나 고리를 완전히 끊어버렸다. 덕분에 며칠간은 몸도 못 가눌 정도로 힘들었지만 지금은 카시아스가 전해준 마나 수련법으로 어느 정도 회복되어 있었다.

하지만 피의 제전 때에 비교하면 훨씬 약해졌다고 볼 수 있다. 콜로세움에 언제 서게 될지는 몰라도 그전에 어느 정도 마나를 쌓지 못한다면 그곳에서 목숨을 잃을 수도 있었다.

"처음엔 더디지만 일단 단전에 마나가 쌓이기 시작하면 그때부터는 수월할 거야. 절대 티내지는 말고."

"알았다. 걱정 마."

"염려 붙들어 매드라고."

카시아스는 이곳에서 탈출하기 위한 작업을 차근차근 진행했다. 처음은 셋이서 탈출하려고 했지만 가능성이 희박했다. 그 때문에 다른 워리어스들을 끌어들이려는 것이다.

"난 어떻게든 저들을 설득해 볼 생각이야. 저들에게도 내 마나 수련법을 수련할 시간이 필요하니까."

카시아스는 어떻게든 워리어스들과 함께 탈출할 생각이었다. 어떻게 탈출에 성공하더라도 추격을 따돌리고 살아남으려면 역시 세력이 필요하다.

이곳의 워리어스들만 하나로 뭉쳐 준다면 비잔티움을 벗어나는 것도 불가능한 일은 아니기 때문이다.

"휴우. 난 가주가 눈치챌까 봐 겁난다. 그리고 나한테 시킨다는 일로 언제 부를지도 모르겠고."

샤막은 이래저래 걱정투성이다. 처음엔 기회라고 여겼던 일이 지금은 부담이 되고 있었다. 어차피 카시아스와 로베르토가 탈출을 생각하고 있다면 혼자보다는 이들과 함께 자유롭고 싶었다.

샤갈이 약속한 자유는 죽기 전에는 이루어질 수 없다는 것을 샤막도 알고 있었기 때문이다.

"만일 우리가 준비되기 전에 그 일을 해야 한다면… 무조건 도망가! 알았지? 굳이 그 일을 할 필요가 없어. 여기서 나가는 대로 기회를 봐서 바로 도망쳐. 그것만이 살길이니까. 우리가 나가면 널 찾아갈게. 내 말 명심해."

카시아스는 혹시라도 샤갈이 먼저 일전에 약속했던 일을 시키는 것까지 염두에 두었다. 막시무스를 죽이기 위해서 밖으로 데려가는 순간이 샤막에게는 단 한 번의 기회인 셈이다.

"알았다. 곧장 줄리아한테 갈 생각이야. 줄리아를 안전한 곳에 데려다 놓은 후에 어떻게든 너흴 도울 방법을 찾아볼게."

샤막은 고개를 끄덕였다. 그것이 현실적으로 가장 실현 가능한 길이었다.

"그래. 그 레지스탕스인가 하는 곳과 접촉하는 게 좋을 것 같아. 지금으로썬 제국에 대항할 수 있는 유일한 세력 같으니까."

"아는 사람이 있으니 가능할 거야."

카시아스는 이곳에서 나간 후까지도 생각해 두었다. 유일하게 제국에 대항할 수 있는 곳.

카시아스는 레지스탕스에 합류할 생각이었다.

레지스탕스와 카시아스가 공통적으로 추구하는 건 제국의 붕괴.

적어도 그 목적을 이룰 때까지는 함께할 생각이었다.

WARRI⊕RS

고오오오오.

카시아스는 단전을 시작으로 마나를 고루 순환시켰다. 차원이동으로 몸이 최적화 되어서인지 이전 세상에서와는 비교할 수 없을 만큼 빠른 속도로 마나가 쌓여갔다.

물론 이전의 마나를 되찾기에는 어느 정도 시간이 소요되겠지만 지금 같은 속도라면 그리 오래 걸리지는 않을 것 같았다.

단지 차원이동으로 몸이 변화해서인지 아니면 이곳의 환경이 마나를 더 쉽게 쌓이게 만들어주는지는 알지 못했다.

분명한 건 그 속도가 이전 세상에 비해 훨씬 빠르다는 점이다.

"후우우우."

카시아스는 길게 호흡을 내쉬며 마나를 갈무리했다.

다행스러운 건 점심 훈련이 끝난 이후에는 각자 마나 수련을 할 수 있는 시간과 장소가 제공된다는 점이다.

마나 수련은 다른 워리어스들의 방해를 받지 않도록 좌우 3미터가량의 밀실이 주어지는데 문을 닫으면 일체의 소음도 없이 외부와는 단절되는 곳이다.

똑똑.

"카시아스, 끝났어?"

"그래. 들어와."

때마침 샤막과 로베르토도 마나 수련을 끝내고 찾아왔다.

"근데 이거 맞는 거여? 영 거시기한디?"

로베르토는 뭔가 찜찜한 모양이다. 카시아스가 전해준 마나 수련법을 수련한 후에는 어김없이 똑같은 표정을 짓는다.

"무슨 소리야?"

"마나가 요기 모이는 것 같은디 괜찮은 거여?"

로베르토는 단전을 가리키며 물었다. 왠지 마나 수련법이 미덥지가 못한 듯했다.

"마나가 단전에 모이는 게 정상 아닌가?"

카시아스는 오히려 로베르토의 물음에 의아했다. 벨포스가 전해준 마나 수련법이 특이한 것이지 마나는 본래 단전에 쌓이는 게 아닌가.

　"글씨. 나도 이전 세상에서 마나 수련을 했지만 요기 심장 부근에 고리가 만들어지는 거 아니여?"

　로베르토는 과거의 경험을 이야기하며 카시아스의 마나 수련법에 대해서는 찜찜한 느낌을 감추지 않았다.

　"네가 살던 곳에서는 여기서처럼 심장 쪽에 모인다고?"

　카시아스는 황당한 표정으로 되물었다. 벨포스가 전해준 마나 수련법만이 아니라 로베르토가 살던 세상에서는 이곳에서처럼 단전이 아닌 심장에 마나를 쌓아두는 모양이다.

　"그랬구마이."

　"솔직히 나도 좀 걱정된다. 마나를 단전에 모은다니. 간혹 그런 자들을 보기는 했지만 다들 실력이 형편없었거든? 이곳에서는 단전보다는 심장 쪽에 모으는 게 가장 효율적이라고 이미 판명이 났으니까. 워리어스 양성소는 물론 기사단에서 사용하는 마나 수련법도 심장에 고리를 만드는 게 가장 뛰어나다고 알려져 있어."

　샤막도 로베르토를 거들며 카시아스의 마나 수련법에 의문을 제기했다. 이곳은 온갖 세상의 사람들은 물론 검술과 마나 수련법까지 모두 모여드는 곳이 아닌가.

수백 년간의 시험을 통해 가장 효율적인 마나 수련법이 만들어졌고, 마나가 쌓이기에 가장 적합한 부분은 심장이라는 게 정설이었다. 그런데 카시아스는 가장 하급의 사람들이나 어쩔 수 없이 사용하는 마나 수련법을 권장하고 있는 형국인 셈이다.

이곳에서 단전에 마나를 쌓는 수련법은 버려진 것으로 돈이 없는 자들이나 신분상 기사가 될 수 없는 자들이나 수련하는 하급의 수련법인 것이다.

"그래? 내가 살던 곳에서는 단전에 모으거든. 심장 쪽에 고리를 형성한다는 게 오히려 이상하게 느껴져. 물론 나도 잠깐 수련해 보니 효율적이기는 한 것 같았어. 하지만 내가 마나 속박에 걸리지 않는 이유가 그 차이일지도 모른다는 생각이 든다."

카시아스는 자신만 마나 속박에서 자유로웠던 이유를 나름대로 추측해 보았다. 마나의 성질이 다른 것은 아니었고 오직 차이라면 그것뿐이었다.

"단전과 심장의 차이라고?"

"어차피 모이는 마나의 질이야 같잖아. 그렇다면 차이점은 모이는 지점인데, 결국 단전과 심장의 차이 아닐까?"

"네 말이 일리는 있다. 그 외에는 너만 마나 속박에 걸리지 않는 이유를 설명할 수 없으니까."

샤막도 카시아스의 말에 어느 정도 수긍했다. 그 이유 외에
는 달리 떠오르는 것이 없었기 때문이다.

"내가 살던 곳은 마법이 없어서 그러는디, 마법사들은 마
나를 어디로 모으는 거여?"

로베르토는 둘의 이야기를 듣다가 문득 한 가지 의문이 들
었다.

"지금은 여기도 마법사는 없어. 하지만 문헌은 남아 있으
니까. 내가 알기로는 심장이야. 우리처럼 심장 부근에 고리를
형성한다고 했어. 결국 마법사나 우리나 마나를 수련하는 방
법은 같은 거지."

샤막은 마법사들의 마나 수련 방식에 대해서 말해주었다.
샤막도 그저 전해들은 것뿐, 마법사는 이미 그 맥이 끊긴 지
오래였기 때문이다.

"그럼 마나 속박이라는 게 마법사를 대상으로 만들어진 거
아니여? 그러니께 심장에 고리를 만든 사람들만 걸려들잖
여."

로베르토는 나름대로 마나 속박의 본질에 대해서 의견을
내놓았다. 마법과 관련이 있으니 자연히 마법사까지 생각하
게 된 것이다.

"오오? 로베르토! 거기까지 생각하고, 의외인데?"

샤막은 놀란 표정으로 로베르토를 바라보았다. 단순무식

하기만 한 로베르토가 그래도 가장 근접한 추측을 한 게 아닌가.

"뭐여? 날 무시하는 거여?"

로베르토의 얼굴이 찌푸려졌다.

"훗. 로베르토의 말이 일리가 있다. 차이점이라고는 그것 외에는 생각할 수 없으니까. 어쩌면 마나를 효율적으로 수련하기 위해 선택한 방법이 오히려 마법에 취약하게 된 이유인지도 모르지."

카시아스는 로베르토의 생각이 꽤나 그럴듯하게 느껴졌다. 마법사와 같은 종류의 마나 수련법이라면 아무래도 마법에 영향을 많이 받을 것 같았기 때문이다.

"듣고 보니 그럴듯한데?"

샤막도 로베르토의 의견에 꽤나 공감했다.

"마나 수련은 어때? 얼마나 쌓았어?"

"아직은 별로야. 생각보다 많이 더뎌."

샤막은 불만족스러운 얼굴이었다. 효율성 면에서만 보자면 카시아스가 전해준 마나 수련법과 벨포스가 전해준 마나 수련법은 그 차이가 꽤나 많이 나고 있었다.

"그럴 거야. 하지만 일정 시간이 지나면 오히려 더 빨라질 거야. 그때까지만 꾸준히 노력해 봐. 분명 더 강해질 테니까."

"일단은 네 말대로 해야지. 나로서는 얼마나 시간이 남아 있을지도 모르니까."

샤막은 마음은 급했지만 지금으로썬 카시아스가 시키는 대로 하는 것 외에는 달리 방법이 없었다.

"그래. 언제 가주가 부를지 모르니까 틈나는 대로 마나 수련에 집중해라. 전에도 말했지만 넌 훈련소를 벗어나는 순간 바로 도망가야 한다. 절대로 오로도스 가문에 가면 안 돼."

카시아스는 언제 닥칠지 모르는 일 때문에 항상 걱정이 앞섰다. 어느 순간 샤막의 모습이 보이지 않게 되는 날이 샤갈 가주와의 은밀한 거래가 실행되는 때가 아닌가.

그날이 오면 샤막은 절대로 살아날 수 없다고 생각했다. 샤막이 살아날 수 있는 방법은 오직 도망가는 것뿐이다. 오로도스 가문에 들어서는 순간 성공하든 실패하든 샤막은 결코 살아남지 못하기 때문이다.

"알았다. 일단은 그렇게 할게."

"샤막, 안 잡히고 잘 도망갈 수 있는 거여? 숨을 데는 있고?"

로베르토도 샤막이 꽤나 걱정스러웠다.

"후후. 내가 이곳 출신인데 숨을 데가 없겠냐? 걱정 마라."

샤막은 웃으며 친구들의 걱정을 덜어주었다.

"가능하면 샤막이 혼자 나가도록 하기 전에 우리가 힘을 모아야 한다. 그게 가능성이 가장 크다."

카시아스는 거사가 있기 전까지 샤막에게 막시무스를 죽이라는 명이 떨어지지 않기만을 바랐다.

"지들끼리 싸우느라 환장한 놈들인디 도움이 되겠어?"

로베르토는 다른 워리어스들을 끌어들이는 데에는 부정적이었다. 그들에게서 의리 따위를 기대하기에는 두 그룹이 원수지간이나 다름없었기 때문이다.

"나도 다른 워리어스들이 순순히 따라줄 것 같지는 않다고 생각해. 워낙 꼬였어야지."

샤막도 워리어스들과 일을 도모하는 데에는 별 기대를 하지 않았다. 오히려 짐만 될 가능성이 높았다.

"우리 셋만으로는 너무 위험한 도박이다. 우리가 마나 속박에서 자유로워진다고 해도 셋이서 친위대를 모두 상대하는 건 위험부담이 커. 게다가 우리의 짝들도 있잖아."

"으음. 역시 워리어스들을 설득할 수밖에 없는 건가?"

"듣고 보니 그렇잖여. 셋뿐이면 몰라도 우리 애나부터 짝들까지 다 데리고 가려면 셋만으로는 무리여."

카시아스의 이야기에 샤막과 로베르토도 셋만으로는 어렵다는 데 공감했다. 싸움이라고는 전혀 모르는 여인 셋을 지키며 친위대를 상대하는 건 불가능했기 때문이다.

"어떻게든 설득해 봐. 나도 최대한 노력해 볼게. 우리 워리어스가 하나가 되지 못하면 자유도 없다."

카시아스는 미우나 고우나 워리어스들과는 함께 행동해야 한다고 판단했다. 그들의 도움 없이 탈출은 불가능했다. 그들을 설득할 수 있느냐가 탈출에 성공할 수 있는 열쇠나 다름없었다.

"알았어. 해볼게. 하지만 가주한테 알려질까 봐 걱정된다."

"가주한테 꼰지르면 우리만 새 되는 거 아니여?"

"그렇지는 않을 거야. 말하려고 했다면 벌써 말했겠지. 아무리 명예니 뭐니 떠들어도 결국은 모두 자유를 원하니까."

카시아스는 어떤 워리어스도 자유를 부정하지는 않으리라 믿었다. 킹 오브 워리어스가 되고자 하는 이유가 결국은 자유가 아닌가. 자유를 빼앗긴 자들에게서 자유만큼 소중한 것은 없는 것이다.

*　　　*　　　*

딱, 따다닥!
쉬시시시싯!

목검 부딪치는 소리가 훈련장을 가득 메우며 워리어스들은 비지땀을 흘렸다. 그들의 일과는 식사 시간을 제외하고는 거의 대부분을 훈련으로 보냈다.

오전 내내 기본 동작과 대련을 반복했고, 점심 식사 후에는 대련과 마나 수련으로 하루를 보낸다.

콜로세움에서는 매주 결투가 벌어졌지만 대부분은 소규모 양성소 간의 시합이었다.

클라니우스 가문은 두 달에 한 번 콜로세움에 섰고, 피의 제전을 제외하면 두 달에 한 번 있는 시합이 가장 규모가 큰 시합이었다.

클라니우스 가문의 워리어스들은 두 달에 한 번씩 목숨을 걸어야 하는 셈이다. 그렇기에 훈련에 열중할 수밖에 없었고, 살아남기 위해 언제나 최선을 다했다.

"카시아스! 앞에 서라!"

"한 수 부탁하지."

테일러가 직접 카시아스를 지목했다. 카시아스는 테일러와는 한 번도 훈련을 해본 일이 없기에 과연 어느 정도 실력인지 내심 기대했다. 이곳에서의 훈련은 카시아스에게 많은 도움이 되었다.

카시아스는 훈련을 통해 나름대로 자신의 도를 더욱 완성해 가고 있었던 것이다.

"마스터, 진검으로 해도 되겠습니까?"

"진검을? 설마 겨루기라도 하겠다는 건가?"

테일러의 물음에 마스터 벨포스의 얼굴 표정이 살짝 굳어졌다.

다른 사람도 아니고 소환수의 넘버원 테일러가 아닌가. 그가 진검을 택한다는 게 어떤 의미인지 모두는 잘 알고 있었다.

"제법 실력이 괜찮은 것 같지 않습니까? 한 달여 동안 꽤 는 것 같은데 직접 시험해 보고 싶습니다. 소환수로서 가르쳐 줘야 할 부분도 있습니다."

"으음. 그런 거라면 좋다. 단, 너무 심하게 하지는 마라!"

벨포스는 잠시 생각해 보고는 이내 테일러의 제안을 받아들였다. 테일러는 소환수의 리더로서 카시아스를 교육시키려 한다고 판단한 것이다.

소환수 간에는 알게 모르게 서열이 정해졌는데 그건 오직 실력으로 판가름 난다. 그리고 그걸 판단하는 건 리더인 테일러의 몫이다. 벨포스도 테일러가 리더로서 소환수들의 질서를 잡는 건 어느 정도 묵인해 주고 있었다.

그것이 오히려 서로 간에 다툼을 줄이고 워리어스들을 통솔하는 데 수월했기 때문이다.

"적당히 가르치겠습니다."

"좋다. 모두 주목!"

벨포스는 훈련 중인 워리어스들을 한자리에 모았다.

"테일러와 카시아스의 대결이다. 모두 둘러앉아 참관한다."

벨포스는 둘이 대결할 수 있는 공간을 만들어주도록 지시했다. 워리어스들은 흥미로운 얼굴로 자리를 만들기 시작했다.

"반란을 생각할 정도라면 그만한 실력은 되겠지? 죽기로 덤벼라. 아님 내 손에 죽을 테니까."

테일러는 카시아스에게 다가가서는 조그만 목소리로 말했다. 그건 일종의 경고였다.

"뭐가 불만이지?"

테일러가 감정적으로 나오자 카시아스의 얼굴빛도 좋지 않았다.

"네놈 말대로 마나 속박에서 자유롭다고 치자. 이곳의 친위대는 어떡할 거지? 네놈에게 그들을 제압할 능력이 있나?"

"우리 모두 힘을 합친다면 못할 것도 없겠지."

테일러의 물음에 카시아스는 자신있게 말했지만 테일러의 표정은 더욱 좋지 않았다.

"우리를 담보로 하겠다? 네놈 계획은 고작 그거냐? 우리를 앞세워 도망가겠다고?"

테일러는 카시아스의 대답에 실망을 넘어서 화가 치밀었다. 이제 워리어스가 된 지 한 달 남짓한 놈이 반란을 하겠다며 동참하라고 하는 꼴이 좋게 보일 리가 없는 것이다.

물론 소환수라면 누구나 반란을 한 번씩은 꿈꾼다. 특히 개미굴에서 온 직후에는 누구나 한 번쯤 그런 말을 입에 담는다.

하지만 그 대가는 혹독하다. 과연 그런 말을 담을 만한 자격이나 갖추고 떠드는지 테일러는 확실하게 가르쳐 줄 모양이다.

"나 혼자가 아니다. 우리란 말이다."

"네놈이 짐이 되지 않는다는 걸 먼저 증명해라. 그 후에 생각해 보지. 물론 불가능한 일일 테지만."

테일러는 이미 카시아스의 생각 따위는 안중에도 없었다. 카시아스는 그저 이곳에 적응하지 못한 것일 뿐 정말 반란을 일으킬 능력은 없다고 테일러는 판단했다.

모든 워리어스들이 그렇듯 카시아스도 그런 과정을 겪는 것이라고. 단지 카시아스는 그 정도가 더 심할 뿐이다.

"좋다. 어느 정도를 원하는지는 모르겠지만 해보지."

카시아스도 일단은 행동으로 보여주기로 했다. 테일러 같은 자에게는 백번 말하는 것 보다는 한번 보여주고 마음을 얻는 게 더 빠르다는 걸 알기 때문이다.

"테일러, 감정을 앞세우는 건 아니겠지? 그저 위계질서만 가르치면 된다. 그 이상은 용납하지 않겠다."

벨포스는 테일러의 표정이 꽤나 좋지 않아 보이자 걱정스러운 마음에 확실히 선을 그었다. 행여 돌이킬 수 없는 결과가 발생하는 걸 방지하기 위함이었다.

"그럴 생각입니다. 걱정하지 마십시오."

테일러는 표정을 풀고는 태연하게 말했다.

"그럼 대결을 허락한다!"

벨포스는 일단 둘의 대결을 수락했다.

"마나는 충분히 수련했겠지?"

"어느 정도는."

"마스터, 장소를 옮기는 게 좋겠습니다."

테일러는 다른 제안을 했다.

"그 정도까지 하려고?"

벨포스의 얼굴 표정이 더욱 굳어졌다. 소환수의 리더인 테일러와 이제 워리어스가 된 지 한 달 남짓한 카시아스의 실력 차는 크다. 마나까지 제대로 사용한다면 그 차이는 더욱 벌어진다.

이건 일방적으로 카시아스를 괴롭히겠다는 의미나 다름없는 것이다.

"기왕 하는 것 제대로 하는 게 낫지 않겠습니까? 뭐 치유의 돌이 있으니 불상사는 없을 겁니다."

"으음. 치유의 돌로 회복할 수 있는 범위 내라는 건 알겠지?"

벨포스는 과연 테일러가 위계질서를 바로 세우려는 것 외에 또 다른 이유가 있는 건 아닌지 유심히 살폈다. 만일 카시아스에 대한 감정 때문에 요구하는 것이라면 자칫 카시아스는 목숨을 잃을 수도 있었기 때문이다.

"물론입니다. 동료 아닙니까?"

테일러는 태연하게 대답했다.

"알겠다. 네 위치를 봐서 특별히 허락하지. 장소를 연무실로 옮긴다."

벨포스는 테일러를 믿기로 하고는 장소를 옮기기로 했다.

연무실은 실내에 만들어진 훈련장으로 웬만한 충격에는 끄떡 않는 튼튼한 돌로 만들어진 곳이다.

마나를 사용하는 거친 훈련에 사용되는 곳으로 그곳에서 훈련할 때에는 항상 부상자가 쏟아져 나온다. 그동안 수련한 검술과 마나를 마음껏 사용하기 때문이다.

"각오는 되어 있겠지?"

"물론."

카시아스는 테일러의 시선을 마주하고서도 당당했다.

"끝까지 건방이군. 아니, 주제 파악을 못한다고 보는 게 맞겠지?"

카시아스의 당당한 모습이 테일러의 심기를 건드렸다.

"너야말로 비겁하군. 아니, 겁쟁인가?"

카시아스는 오히려 테일러를 향해 직접적으로 비난했다. 테일러가 화내는 이유를 나름대로 짐작하고 있었다.

"뭐라?"

테일러의 얼굴 표정이 일그러졌다.

"그저 우리와 함께하는 게 겁이 나는 것 아닌가?"

"건방진!"

카시아스의 계속되는 비난은 테일러를 완전히 자극해 버렸다.

테일러의 신형이 카시아스를 향해 쇄도했다.

후아아아앙!

바람 소리가 거칠었다. 그는 마치 공간을 찢어발기듯 순식간에 거리를 좁혔다. 마나를 이용해 보법을 극성으로 펼친 것이다.

처어억!

카시아스의 도가 하늘을 향했다.

슈아아아앙!

카시아스의 도가 힘차게 내리그어졌다. 그와 동시에 도를 감싼 마나가 공간을 찢어발겼다.

쩌어어어엉!

엄청난 굉음과 함께 충격파가 퍼져 나갔다.

"호오!"

테일러의 입꼬리가 올라갔다. 카시아스의 이번 공격이 제법 마음에 든 듯하다.

쉬시시시싯!

순간 카시아스의 도가 춤을 추기 시작했다. 전후좌우 할 것 없이 그의 도는 거침없이 사방으로 뻗어갔다. 테일러를 도의 파도 속에 가두려는 듯 사방을 점하며 테일러를 몰아붙였다.

콰콰콰쾅!

테일러의 검이 늘어나는가 싶더니 카시아스의 도와 정면으로 부딪쳤다. 그는 피하지 않았다. 검과 도가 부딪칠 때마다 쩌렁쩌렁한 소리가 터져 나왔다.

힘과 힘의 대결.

둘 중 한 사람도 물러섬이 없었다.

부아아아앙!

퍼어억!

"크윽!"

카시아스의 얼굴이 찌푸려졌다. 쏟아지는 도의 틈바구니를 뚫고 그의 무릎이 복부를 강타했다.

카시아스의 신형이 뒤로 밀려났다. 숨이 턱 막히는 게 꽤나 충격을 받았다.

"이제 내 차례인가?"

테일러의 입가에 웃음이 걸렸다. 비웃음 같기도 하고 즐거워 보이는 것도 같았다.

쉬이이이잇!

그의 검이 섬광처럼 뻗어 나갔다.

"헛!"

쩌저저저정!

카시아스가 다급하게 도를 들어 올렸다. 공간이 일렁이며 충격파가 퍼져 나갔다.

주르르르륵.

카시아스는 막는 자세 그대로 뒤로 밀려났다. 역시 힘에서는 테일러와 맞서기에는 역부족이다. 마나 수련을 시작한 시간이 짧아 아직은 마나의 양에서 밀리는 것이다.

쉬시시시시싯!

테일러의 검이 맹렬히 공격해 들어왔다. 그의 검은 살아 있는 것처럼 여기저기 틈을 보며 순식간에 공격을 퍼부었다. 너무 빨라 수십 개의 검을 휘두르는 것 같았다.

테일러의 검은 바람이었다.

바람처럼 휘몰아치며 카시아스를 점점 궁지로 몰아넣었다.

바람의 검! 테일러를 소환수의 리더로 만들어준 검이다.

"바람인가? 좋군. 하지만 그냥 바람으로는 내 바람을 깨뜨릴 수 없다! 내 도 역시 바람! 바람은 광풍이 되고 곧 폭풍이 된다!"

쑤아아아앙!

순간 카시아스의 도에서 맹렬한 바람이 뿜어지는 듯했다. 그것은 바람이 아니라 돌풍이었다.

휘리리리릭!

카시아스는 도와 함께 휘돌았다. 그를 중심으로 맹렬한 바람이 주변을 휩쓸었다.

"뭐, 뭐냐?"

까가가가강!

불꽃이 튀었다. 카시아스의 바람이 테일러의 검과 부딪칠 때마다 불꽃이 튀었다. 바람은 곧 칼. 그의 도가 칼바람처럼 휘돌았다.

테일러는 당황했다. 생전 접해보지 못한 도법이다. 같으면서도 다른 바람. 테일러는 카시아스의 도가 만들어내는 바람에 놀라면서도 감탄했다.

"하지만 나를 이기기에는 부족하다!"

테일러의 눈매가 날카로워졌다. 마치 먹이를 노리는 매의 눈처럼 맹렬하게 한 점을 쏘아봤다.

쐐애애애액!

그는 검과 하나가 되어 바람의 중심을 향해 쏘아졌다. 돌풍의 중심. 하지만 고요한 곳. 모든 돌풍의 근원이 되는 한 점이다.

쩌저저저정!

굉음과 함께 충격파가 사방을 휩쓸었다. 그와 동시에 연무실의 바닥이 들썩이며 흙먼지를 날렸다.

누가 이겼는지 아직은 알 수 없었다. 모두는 잔뜩 긴장하며 흙먼지가 걷히기를 기다렸다.

푸스스스스.

흙먼지가 가라앉으며 주변을 거칠게 휘돌았던 마나도 진정이 되었다. 그 안에는 두 사람이 서 있었다.

"역시 리더답군! 대단한 검이었다. 쿨럭!"

카시아스는 피를 한 움큼 쏟아냈다. 얼굴은 파랗게 질린 것이 꽤나 심한 충격을 받은 것 같았다.

"네놈도 역시 대단했다. 큰소리칠 만하군. 인정해 주겠다. 넌 충분히 그럴 만한 자격을 내게 보였다. 크윽!"

테일러의 가슴에는 도가 지나간 자국이 선명하게 자리 잡았다. 늑골이 훤히 드러날 만큼 큰 상처였다. 이미 바닥은 피로 낭자했다. 조금만 깊었다면 그 자리에서 절명했어도 이상하지 않을 만한 상처였다.

테일러는 카시아스가 단지 말만 앞서는 위인이 아니라는 걸 이번 대결을 통해 알게 되었다. 카시아스를 바라보는 그의 눈빛이 이전과 달랐다.

"어, 어떻게 된 거야? 이제 한 달밖에 안 된 놈이 테일러와 막상막하로 싸웠다는 거야?"

"이거 참! 믿어야 하는 거야?"

"저놈! 대단하잖아?"

"이번에 진짜 물건이 들어왔는데?"

구경하던 워리어스들은 그야말로 흥분의 도가니였다. 설마 신참이나 다름없는 카시아스가 테일러를 상대로 그런 상처를 입힐 줄 어찌 상상이나 했겠는가.

테일러는 소환수 중 넘버원의 실력자다. 투견들의 리더인 야콥 외에 누구도 테일러의 적수가 되지 못했다. 그런데 워리어스의 칭호를 받은 지 한 달 조금 넘은 카시아스가 거의 대등한 싸움을 한 것이다.

물론 카시아스가 패하기는 했지만 이건 대단한 일임에는 틀림없었다. 앞으로 카시아스가 발전할 수 있는 가능성까지 염두에 둔다면 머지않아 소환수의 리더가 바뀔 가능성이 큰 것이다.

털썩!

"크으윽!"

카시아스는 더 버티지 못하고 바닥에 무릎을 꿇었다. 온몸의 힘이 빠져나가고 눈앞이 아찔했다.

"카시아스!"

"마스터! 빨리 그 돌댕이 좀 어떻게 해보드라고요! 이러다 죽어뿔면 워쩌라고!"

샤막과 로베르토가 달려나갔다. 카시아스의 얼굴이 파랗게 질린 것이 금방이라도 숨이 끊어질 것처럼 위태로워 보였다.

"테일러! 먼저 치료해 주겠다."

벨포스는 테일러를 먼저 챙겼다. 당연한 일이다.

"아닙니다. 난 외상뿐이지만 카시아스는 내상이 심각합니다. 먼저 치료해 주십시오."

"네가 원한다면 그렇게 하지."

테일러는 카시아스에게 양보했다.

외상이야 출혈만 멈추면 얼마간은 버틸 수 있지만 카시아스는 보기보다 꽤나 심한 타격을 받은 것이다.

자신이 치료하는 동안 죽을 수도 있을 만큼 카시아스는 심각한 부상을 입었다.

*   *   *

똑똑.

"테일러다."

"기다리고 있었다."

카시아스가 있는 마나 수련실에 테일러가 들어왔다. 둘 모두 치유의 돌 덕분에 상처는 말끔히 나았다.

"정말 반란을 생각하는 건가, 아님 그저 불평인 건가? 누구나 한 번쯤은 같은 생각을 하지."

테일러는 카시아스가 과연 진심인지를 물었다.

"이곳에서 노예로 살 생각은 없으니까."

카시아스는 망설임없이 대답했다.

"네 실력은 보였으니 그저 허풍은 아니라고 생각하겠다."

"허풍을 떨 생각은 전혀 없다. 알겠지만 반란은 목숨을 걸어야 하니까."

테일러는 카시아스의 실력을 인정했기에 더 이상 반박하지 않았다. 충분히 자격이 있다고 받아들인 것이다.

"마나 속박에서 정말 자유로워지는 방법이 있는 건가?"

"그렇다. 하지만 아직 확신할 수는 없다."

"확실하지도 않으면서 떠벌린 건가?"

테일러는 다소 실망스러운 표정이 되었다. 뭔가 확실한 방법을 강구하지도 않고 자신에게 그런 말을 했다는 게 마음에 들지 않았다.

"그건 아니다. 알다시피 나는 마나 속박에서 자유롭다."

"그건 피의 제전에서 내 눈으로 봤으니까. 문제는 그 이유를 아느냐이지."

"내가 생각하는 이유는 한 가지가 있다."

"그게 뭐지? 우리도 가능한 건가?"

테일러는 마나 속박에 대해서는 꽤나 관심을 가졌다. 테일러 역시도 오래전 이곳에서 탈출하는 것에 대해 생각한 일이 있기 때문이다. 하지만 테일러를 비롯해 워리어스들이 그러한 생각을 접는 이유는 딱 한 가지다.

바로 마나 속박에서 자유로울 수 없기 때문이다.

"그게 아직은 확신할 수 없는 이유다. 시험해 볼 수가 없으니까."

카시아스도 이 부분에 대해서는 확답을 주지는 못했다. 로베르토와 샤막이 과연 마나 속박에서 자유롭게 될지는 일종의 모험이다. 일단 결과가 나오기 전에는 알 수 없었다.

"시험이라……. 하긴 그렇군. 그럼 네가 마나 속박에서 자유로운 이유가 뭔지 말해주겠나?"

테일러도 지금의 상황을 고려하면 카시아스를 몰아붙일 수 없었다. 피의 제전 때의 일이 반복되지 않는 이상 시험해 볼 기회는 없었기 때문이다.

"우리의 차이는 딱 한 가지뿐이다."

"그게 뭐지?"

테일러는 눈을 빛냈다.

"마나 수련법!"

"마나 수련법? 우린 다 같은 마나 수련법을 익히지 않았나?"

카시아스의 대답을 기대했던 테일러의 표정이 묘하게 일그러졌다. 기대했던 것과는 너무나 동떨어진 대답이 아닌가.

"아니. 난 이곳에서 가르쳐 준 마나 수련법을 버렸다. 기존에 내가 알고 있던 마나 수련법으로 수련하고 있다."

"으음. 이곳의 마나 수련법은 그 어떤 마나 수련법보다 발전된 형태라는 걸 너도 알 텐데?"

카시아스의 대답은 테일러를 만족시키기에는 부족했다. 소환수들의 넘버원의 실력을 가진 만큼 이곳의 마나 수련법이 얼마나 효율적이고 발전된 형태인지 잘 알기 때문이다.

"물론. 가장 효율적이라는 건 알고 있지. 하지만 여러 가지 차이점이 있더군."

"어떤 차이점이지?"

"가장 두드러지는 건 마나가 쌓이는 위치라고 할 수 있지."

"그게 무슨 말이냐? 위치라니? 마나야 당연히 심장 부근에 고리 형태로 만들어지는 게 당연한 거잖아."

"네가 살던 세상에서도 그랬나?"

테일러의 이야기에 카시아스는 살짝 놀란 반응을 보였다. 로베르토에 이어 설마 테일러까지 심장에 마나를 쌓는다고 말할 줄은 몰랐기 때문이다.

이곳에서야 몰라도 각자 살던 세상에서는 단전에 마나를 쌓을 것일라고 생각한 것이다.

"물론. 너는 아닌가?"

테일러의 대답은 로베르토와 같았다.

"이상하군. 다들 같은 소리를 하고 있어."

카시아스는 혼란스러웠다. 지금껏 이곳이 이상하다고 생각했는데 로베르토와 테일러를 보자면 오히려 중원이 이상한 곳이 아닌가. 단전에 마나를 쌓는 곳은 오직 그곳뿐인 것 같았다.

"묻잖아! 네가 살던 곳은 어떻지?"

"내가 살던 세상에서는 마나를 여기 단전에 쌓아둔다."

카시아스는 단전을 가리키며 말했다.

"뭐? 단전? 그게 얼마나 비효율적인 건지 아나?"

테일러는 황당한 표정으로 물었다. 마나가 단전에 쌓인다는 건 알지만 별로 달가워하지는 않는 얼굴이었다.

"난 심장에 쌓인다는 게 더 이상하게 생각된다. 당연히 단전에 쌓인다고 알고 있었거든."

테일러의 반응에 카시아스는 더욱 황당한 표정을 지었다.

"으음. 그럼 네 말은 단전과 심장의 차이가 결국 마나 속박을 받느냐와 관련이 있다는 건가?"

테일러는 카시아스가 말하고자 하는 바를 알아차렸다. 그 하나의 차이점이 마나 속박을 결정짓는지도 모르는 것이다.

"내 생각은 그렇다. 아까도 말했지만 시험해 볼 수가 없으니 확신은 못한다."

카시아스는 심중으로는 거의 확신하고 있었지만 만에 하나의 가능성 때문에 섣불리 단정 짓지는 않았다. 그저 가능성이 높다고 판단할 뿐이다.

"으음. 마나를 단전에 쌓는 자들이 있다는 건 알고 있다. 이곳에 떠도는 마나 수련법 중에는 분명 그런 것도 있었지. 하지만 마나를 쌓는 속도가 한참 더디다. 그 때문에 버려졌지."

테일러는 단전에 마나를 쌓는 수련법과 그걸 익힌 자들에 대해서 말해주었다. 그들의 실력을 보자면 당연히 테일러의 입장에서는 부정적일 수밖에 없는 것이다.

"그렇다고 하더군. 비효율적이라고."

카시아스는 씁쓸한 표정을 지었다. 중원에서의 방법이 이곳에서는 쓸모없어 버려지는 용도라니 좋은 기분은 아니었다.

"그런데 그 비효율적인 마나 수련법이 마나 속박에서 벗어나는 방법이라니, 참."

테일러도 기가 막힌 표정이 되었다.

"샤막의 말로는 예전에 존재했던 마법사들 역시 심장 부근에 마나를 쌓았다고 한다. 아무래도 마법에 영향을 받는 게 그 때문인 것 같다."

"만일 네 말이 맞는다고 해도 그런 비효율적인 마나 수련법으로 마나를 쌓는다면 과연 제대로 된 힘을 발휘할 수 있을까? 뛰어난 마나 수련법을 익힌 이곳의 친위대와 기사들을 상대하기 어려울 텐데?"

테일러는 단전에 마나를 쌓는 수련법에 대해서는 부정적이었다.

설령 마나 속박에서 자유로워진다고 해도 그런 삼류의 마나 수련법으로는 정예의 기사들을 상대하기에 역부족이라고 판단한 것이다.

"충분히 가능하다고 생각한다. 싸움은 마나만으로 하는 게 아니니까. 검술로 치자면야 우리 워리어스를 능가할 기사들은 없다고 생각한다. 거기에 어느 정도의 마나만 받쳐 줘도 충분히 승산이 있지 않을까?"

카시아스는 테일러와는 달리 꽤나 가능성을 높게 보았다. 대단한 양의 마나가 아니더라도 검술을 보완해 줄 정도의 마나만 확보해도 충분히 승산이 있다고 본 것이다.

그만큼 워리어스 개인의 능력이 뛰어났기 때문이다.

"정말… 할 생각인가?"

테일러는 카시아스가 단지 이곳에 적응하지 못해 불만을 표하는 건 아니라고 보았다. 카시아스는 정말 실행에 옮길 생각까지 하고 있다는 게 느껴진 것이다.

"물론. 우리 함께 이곳을 벗어나자."

카시아스는 당연스레 말했다.

"이곳을 벗어나도 갈 곳이 없을 텐데? 투견들은 몰라도 우리 소환수들에게 이 세상은 낯선 땅이니까."

테일러는 별로 자신이 없었다. 탈출은 물론 그 이후도 무엇 하나 보장된 것이 없기 때문이다.

"갈 곳이 있다면 함께할 건가?"

"워리어스 모두를 끌어들일 생각인가?"

"그렇다. 모두가 하나로 뭉쳐야만 가능한 일이다. 소환수이니 투견이니 우리끼리 싸우기보다는 진정한 동료가 되어야겠지."

카시아스는 소환수와 투견을 가리지 않고 하나가 되기를 바랐다. 그들이 모두 뜻을 모은다면 여기서 탈출하는 건 불가능하지 않은 일이라고 믿었다.

"소환수라면 어떻게 설득해 본다고 하지만 과연 투견들이 따를까? 그놈들은 알다시피 막장들이다. 온갖 짓은 다 저지른 놈들이지. 과연 그런 놈들을 믿을 수 있을까?"

테일러는 카시아스에게 마음이 많이 기울었지만 투견에 대해서는 꽤나 감정이 좋지 않았다. 소환수와 투견들 간에 벌어졌던 일들을 제하더라도 투견 자체에 대한 불신이 팽배한 탓이다.

"워리어스만큼 막장이 또 있을까?"

"하긴, 그렇군."

카시아스의 물음에 테일러는 씁쓸한 웃음을 지었다. 아무리 이곳에서 온갖 범죄를 저질렀다고 해도 그게 재미로 사람을 죽이는 일에 비할 바는 아닌 것이다.

누군가의 재미를 위해 죽이고 또 죽이는 걸 반복하는 게 워리어스가 아닌가. 다른 사람을 탓할 여지도 없는 것이다.

"테일러, 넌 소환수의 리더다. 네 말은 영향력이 있지. 우리와 뜻을 함께하도록 도와주길 바란다. 우리의 자유를 위해서."

카시아스는 테일러가 동참해 주기를 진심으로 바랐다. 테일러가 동참한다는 건 단지 워리어스 한 명이 동참한 것과는 의미가 달랐다. 그가 움직이면 소환수도 움직이기 때문이다.

"자유라……. 한동안 잊었던 말이군."

테일러는 잠시 자유라는 말을 음미했다. 문득 개미굴에서 눈을 떴던 때가 떠올랐다.

"마나 수련법은 내가 전해주겠다. 이미 샤막과 로베르토는 심장에 있던 마나 고리를 끊어버리고 새롭게 마나를 수련하고 있다. 우리는 마나 속박을 받지 않을 것이라 생각한다."

"생각해 보지."

테일러는 일단 결정은 보류했다. 이는 목숨을 걸어야 하는 일이다. 소환수의 리더로서 함부로 결정할 수 없는 일이었다.

"시간이 없다. 마나를 수련하는 데 필요한 시간도 생각해야 하고, 또… 서둘러야 할 이유도 있고."

카시아스는 마음이 급했다. 무엇보다 샤막이 그전에 끌려갈까 걱정스러웠다. 샤막이 샤갈의 친위대를 뿌리치고 도주

할 가능성은 사실 낮았다.

　샤막을 살리기 위해서도 그전에 함께 탈출하는 게 최상의 선택이었다.

　"일단 말은 해보겠다. 뭐, 기대하지는 말고."

　"고맙다."

　"그런 말은 나중에 이곳을 벗어나면 듣기로 하지."

　테일러는 이야기를 마치고는 수련실을 벗어났다. 그의 머릿속은 복잡하게 얽혀 있었다.

『워리어스』 제3권에 계속…

김현석 현대 판타지 소설

전능의 팔찌

THE OMNIPOTENT
BRACELET

「신화창조」의 작가 김현석이 그려내는
새로운 판타지 세상이 현대에 도래한다!

삼류대학 수학과 출신, 김현수
낙하산을 타고 국내 굴지의 대기업 천지건설(주)에 입사하다!

상사의 등쌀에 못 견뎌 떠난 산행에서, 대마법사 멀린과의 인연이 이어지고……

어떻게 잡은 직장인데 그만둘 수 있으랴!

전능의 팔찌가 현수를 승승장구의 길로 이끈다!

통쾌함과 즐거움을 버무린 색다른 재미!
지·구·유·일·의 마법사 김현수의 성공신화 창조기!

CASTLE OF ANOTHER WORLD 이계 마왕성

강한이 장편 소설

『이계만화점』의 작가 **강한이**가 돌아왔다.
그가 전하는 신개념 마왕성의 이야기!

가족을 잃고 더부살이로 받던 설움을 떠나
서울로 상경해 우연히 얻은 셋방
그곳 지하실에서 채빈의 불행한 인생이 뒤엎어진다!

이계마왕성!

그곳에서 배워라, 지혜가 되리라!
그곳에서 얻어라, 내 것이 되리라!

마왕이 아니다. 마왕성을 이용하는 현대인일 뿐.

마왕성의 사나이, 그가 이제 날아오른다!

Book Publishing CHUNGEORAM

신풍기협 神龍回俠

FANTASTIC ORIENTAL HEROES

윤신현 新무협 판타지 소설

「수라검제」,「태양전기」의 작가 윤신현
우직한 남자의 향기와 함께 돌아오다!

사부와 함께 떠났던 고향.
기다리는 친구들 곁으로 돌아온 강진혁은
사부의 유언을 지키기 위해 강호로 나선다.
반드시 돌아오겠다는 약속을 남기고.

"믿어라. 난 결코 허언을 하지 않는다."

무인으로 살 것인가, 무림인으로 살 것인가.
고민을 안고 나아가는 강진혁의 강호행!

신의 바람이 불어와 무림에 닿을 때,
천하는 또 하나의 전설을 보게 되리라!

Book Publishing CHUNGEORAM

FUSION FANTASTIC STORY

넘버원 Number One

천륜 장편 소설

Book Publishing CHUNGEORAM

유행이 아닌 자유추구
WWW.chungeoram.com

FUSION FANTASTIC STORY

백수, 재벌 되다

텀블러 장편 소설

현대물이라고 다 같은 현대물이 아니다!
전 세계적으로 활약하는 사내가 온다!

"초 거대기업 DY그룹의 회장이 내 아버지라고?!"

백수에서 초 거대기업의 후계자로,
답 없는 절망에서 희망으로!

"이제 아무것도 참지 않는다!"

세계를 뒤흔드는 한 남자의 신화를 보라!